La montagne de minuit

Du même auteur

AUX ÉDITIONS DU SEUIL

L'impudeur des choses, roman, 1987

Le rituel des dunes, roman, 1989

AUX ÉDITIONS MARE NOSTRUM

Méduse en son miroir et autres textes, 2008

AUX ÉDITIONS ÉDISUD

Libye grecque, romaine et byzantine, essai, 1999 ; 2005

Sites et monuments antiques de l'Algérie,
en collaboration avec Claude Sintes, essai, 2003

Vestiges archéologiques du Liban,
en collaboration avec Dominique Pieri et Jean-Baptiste Yon, essai, 2004

AUX ÉDITIONS ZULMA

Là où les tigres sont chez eux, roman, 2008
(Prix Médicis 2008)

La mémoire de riz, nouvelles, 2011
(initialement publié aux Éditions du Seuil en 1982)

JEAN-MARIE

BLAS DE ROBLÈS

La montagne de minuit

ROMAN

J'AI LU

Deux oiseaux, compagnons unis l'un à l'autre, sont agrippés à un même arbre. L'un d'eux mange une figue savoureuse ; l'autre, sans manger, regarde intensément.

Mundaka-Upanishad

1

C'était un jeune vieux monsieur, le gardien du lycée Saint-Luc, l'un de ces faux vieillards à visage d'enfant affublé d'une perruque et de trois ou quatre rides grossièrement maquillées autour des yeux. Les élèves l'appelaient Belette, les professeurs monsieur Lhermine. Un Lyonnais faisant partie des meubles, un pauvre type dont nul n'aurait imaginé qu'il mourrait à Berlin, au plus près du scandale qui avait bouleversé son existence.

Par un beau jour de décembre, Bastien Lhermine s'éveilla comme à son habitude vers les cinq heures du matin ; il n'ouvrit les yeux que pour s'échapper d'un cauchemar familier, une soudaine averse de clous et de barbaque dont la récurrence avait fini de l'inquiéter, mais qui entachait les premiers instants de sa journée d'une ombre mélancolique. Il se leva, plia son couchage avec minutie, roula sa vieille natte de bambou et commença ses exercices de tai-chi.

L'enchaînement dit « La grue blanche déploie ses ailes » le ravissait ; il goûtait l'artifice de ces différentes postures, la lenteur et la fluidité requises par leur mimétisme pour échapper au ridicule. Nu dans son petit deux-pièces, au 6 de la rue d'Auvergne, fenêtres ouvertes sur l'obscurité à peine scintillante de Fourvière, Bastien n'avait nul besoin de miroir pour éprouver l'élégance de ses déplacements. Il en savait la rectitude à l'énergie dont tout son être se chargeait au cours de leur exécution. Ce jour-là, pourtant, cette gymnastique se montra moins efficace que de coutume : le changement de direction intervenu au sein du lycée affectait Bastien plus qu'il ne voulait se l'avouer. La mise à la retraite du père Fargeot était certes justifiée par son grand âge, mais tout le monde s'accordait pour y percevoir la reprise en main de l'établissement par la jeune garde des Jésuites. Cette institution, de même que l'immeuble où logeait le gardien, appartenaient à la Compagnie, et si Bastien n'avait eu qu'à s'en louer jusqu'à présent, l'arrivée du nouveau proviseur risquait fort de brouiller les cartes. Le père Metz ne portait pas soutane, il était si élégamment vêtu que son col blanc et la croix minuscule fixée au revers de son veston semblaient des parures plutôt que les insignes de sa charge. Lors de sa prise de fonction, hier matin, il avait tenu à saluer une à une toutes les personnes rassemblées dans l'amphithéâtre du lycée ; professeurs, service administratif et jusqu'aux femmes de ménage purent ainsi profiter de sa poignée de main accompagnée d'un petit mot affable. Bastien ne savait pas ce que le proviseur avait dit aux autres, mais il avait noté la bonhomie complaisante du personnage et, pour ce qui le concernait, l'intonation cajoleuse, insupportablement benoîte que le mépris réserve aux subalternes. Rien, cependant, qui ait pu légitimer la moindre crainte, hors le regard malveillant que lui avait alors adressé mademoiselle Chubileau, cette vieille toupie d'intendante. Bastien y avait lu qu'elle était prête à reprendre les hostilités contre lui, maintenant que le départ du père Fargeot le laissait sans protection dans l'enceinte du lycée. L'après-midi même, il l'avait surprise devant le bureau du proviseur ; à son air gêné en l'apercevant – un embarras où la mauvaise conscience le disputait au sentiment du devoir accompli –, il sut qu'elle n'avait pas perdu une seconde pour cracher son venin. Un peu plus tard, la secrétaire du père Metz était venu prévenir Bastien : le proviseur désirait lui parler, demain matin à neuf heures, si cela lui convenait.

Accoté au montant de sa fenêtre, il songeait à tout cela. Le jour se levait sur la colline de Fourvière, détachant peu à peu les reliefs de son apparence familière : Saint-Just, sur la gauche, lointaine mais reconnaissable à ses vitraux encore éclairés de l'intérieur, puis les massifs accoudoirs de l'ancien couvent des Minimes, le contrefort des théâtres romains, juste au-dessus de l'Antiquaille, et pour finir, la basilique Notre-Dame, flanquée de sa petite tour Eiffel. On commençait à distinguer les strates diverses de toits rouges étagées sur les pentes, les bosquets de platanes ou de cyprès, les pans de murs safran, toutes choses qui palpitaient dans la clarté naissante et conservaient à cette partie de la ville son allure d'acropole surannée. Bastien ne se lassait pas de cette vision, une sorte de mirage dont la beauté culminait avec l'apparition du soleil ; par les belles journées d'hiver, comme celle qui s'annonçait, lorsque son premier rai frappait la masse byzantine de Notre-Dame, blanchissant sa muraille et détachant ses tours crénelées sur le bleu profond du ciel, il transfigurait sa lourdeur de pachyderme renversé. Les ors de la Vierge flambaient, tout au sommet de l'édifice, et malgré la présence de l'émetteur télé qui gâchait quelque peu la perspective, l'ensemble prenait une dimension orientale : pour dire les choses comme elles sont, Bastien lui trouvait alors une tournure de temple tibétain, si bien qu'il n'assistait jamais à ce moment sans que se réveillât son désir d'apercevoir un jour les terrasses du Potala. Ce rêve secret n'avait rien d'une lubie, c'était sa quête, son exigence, la seule pièce manquante du puzzle dérisoire qu'on appelle une vie d'homme. Bastien savait pertinemment qu'il n'avait aucune chance de se rendre à Lhassa – malgré la modération de ses besoins, son maigre salaire de gardien lui permettait à peine de survivre –, mais il souffrait moins de cette impossibilité que de se surprendre une fois de plus en train de désirer, preuve qu'il était encore fort éloigné de son idéal bouddhiste.

2

Un peu plus tard, ce matin-là, en arrivant sur le palier du quatrième étage – il ne prenait jamais l'ascenseur, pour s'obliger à l'exercice –, Bastien croisa la jeune femme qui habitait sous son appartement. Accroupie autant que le permettait sa jupe étroite, elle tentait de boutonner le manteau de son fils, tout en fourrageant dans son sac à main à la recherche d'un mouchoir et pestant parce qu'elle revoyait tout à coup ses clefs de voiture sur la tablette de la salle de bains.

— Bonjour, fit Bastien d'un ton aimable. Pas en avance, on dirait…

— Pas vraiment, non. Je ne sais pas comment je me débrouille, mais c'est tous les jours la même comédie. Arrête, Paul ! Tiens-toi tranquille, si tu veux que je t'habille… On ne dirait pas que tu as cinq ans, tu sais ! Qu'est-ce que monsieur Lhermine va penser de toi, hein ? Au fait, j'espère qu'il ne vous gêne pas trop…

— Je ne l'entends pas, n'ayez crainte. Et puis quand bien même ! Il faut que ça bouge, les enfants, c'est la vie…

Rose Sévère avait emménagé récemment dans l'immeuble, et pour ce que Bastien en savait, elle vivait seule avec son fils. C'était une belle rousse de quarante ans, avec des yeux noisette, et un grain de beauté assez voyant sous la narine gauche. Il aurait aimé la connaître mieux, à cause du chagrin sympathique qui émanait de son regard, mais comme elle semblait aussi peu liante qu'il l'était lui-même, leur voisinage se bornait à ces conversations de pure politesse.

Une fois rendu sous le porche du rez-de-chaussée, Bastien vérifia que les deux grandes portes de bois ouvertes sur la rue d'Auvergne était correctement fixées, puis revint sur ses pas vers le portail électrique permettant l'accès au parking des professeurs. Il prit la peine d'emprunter le portillon, se faufila entre les quelques voitures déjà garées et pénétra directement sous le préau du lycée Saint-Luc. C'était à la fois l'avantage et l'ennui d'habiter aussi près de son lieu de travail : s'il ne perdait pas de temps pour se rendre au lycée ou en revenir, cette proximité ne lui accordait aucun répit. Dans le contrat moral qui le liait au père Fargeot, sa tâche de gardien comprenait la surveillance de l'établissement durant toutes les périodes de vacances ; c'était en grande partie pour cette raison qu'on lui attribuait ces deux fenêtres sur cour avec vue imprenable sur le lycée. Durant toutes ces années, Bastien avait été cloué à son poste par la charité de ses bienfaiteurs ; il ne s'en plaignait pas, songeant qu'il y avait une sorte de justice à sa claustration, et comme l'assise nécessaire de son équilibre.

À neuf heures précises, on l'introduisit dans le bureau du proviseur ; et à sa réaction d'évitement, il sut que cet équilibre serait rompu.

— Bonjour monsieur Lhermine, asseyez-vous, je vous en prie. Ce que j'ai à vous dire ne sera pas agréable, aussi vais-je m'efforcer d'aller au plus court. Mon prédécesseur a tenu à m'exposer votre situation. Il m'a tout raconté depuis le début, je dis bien, tout... Vous comprenez à quoi je fais allusion, n'est-ce pas ?

— Je comprends, fit Bastien en soutenant son regard.

— Bien. Je n'ai pas à vous juger, et je ne le ferai pas. Le père Fargeot a si bien plaidé votre cause, que j'ai décidé de ne pas tenir compte des rumeurs que certaines bonnes âmes colportent à votre sujet ; j'étais même prêt à fermer les yeux sur l'espèce d'arrangement que vous devez à sa compassion, mais en relisant mes dossiers, je suis tombé sur votre date de naissance... Vous êtes bien né en mars 1916 ?

— Oui, monsieur le principal.

— Vous savez donc que vous devriez être à la retraite depuis un bon bout de temps. Ce que vous ignorez peut-être, c'est que le père Fargeot n'avait pas le droit, juridiquement, de vous employer dans ces circonstances. Je suis ici pour remettre un peu d'ordre dans ce lycée, vous comprendrez que cela implique une stricte obéissance aux textes de loi...

— Ce qui veut dire ?

— Cela veut dire, monsieur Lhermine, qu'il est grand temps de songer à prendre du repos. Par égard pour le père Fargeot, et pour honorer l'exercice budgétaire courant, nous continuerons à profiter de vos services jusqu'à la fin de l'année scolaire. Votre successeur prendra la suite début juin ; je compte sur vous entre-temps pour assurer sa formation. L'entreprise chargée de rénover les lieux que vous occupez ne commencera ses travaux que le premier août, vous avez donc – il compta mentalement – huit mois pour prendre vos dispositions.

— Excusez-moi, réussit à articuler Bastien, mais le père Fargeot a peut-être omis de vous préciser la nature exacte de mes revenus... Je veux dire que si vous m'enlevez l'appartement, je ne pourrai pas en louer un autre. Aucun autre.

— J'allais vous en parler. Le père Fargeot a fait jouer ses relations pour vous obtenir une place à la Résidence Louis Pradel, boulevard de la Croix-Rousse. Il suffira de vous y présenter avec la lettre de recommandation qui vous sera remise le moment venu.

— Vous m'envoyez à l'hospice...

— Il n'y a rien de dégradant à cette perspective. Le père Fargeot lui-même a pris ses quartiers rue de Grenelle, à Paris, dans l'institution similaire qu'entretient la Compagnie. Et il est plus jeune que vous, si je ne m'abuse...

Devant le silence de Bastien, le proviseur regarda sa montre, puis se leva :

— Voilà. Je suis vraiment navré de faire votre connaissance dans ces conditions, mais vous reconnaîtrez, je l'espère, à quel point vous devez à ce lycée et à notre ordre beaucoup plus qu'ils ne vous doivent. Quoi qu'il en soit, gardez à l'esprit qu'il ne s'agit pas d'une affaire personnelle et que je vous accompagne par mes prières.

L'annonce de son renvoi ne produisit chez Bastien ni accablement ni indignation. Ce fut comme si on lui avait annoncé une maladie dont il se savait déjà atteint. Il vaqua à ses occupations sans rien changer au sérieux et à l'efficience de son travail, puis rentra chez lui à la nuit tombée, une heure après que la dernière des femmes de ménage eut quitté l'établissement.

Le 8 décembre, à Lyon, il y a ce qu'on appelle la Fête des Lumières. Le soir venu, tous les habitants allument de petites bougies sur le rebord de leurs fenêtres, transformant la ville entière en un mirage vacillant. Bastien avait toujours sacrifié avec plaisir à ce charmant rituel ; il ne dérogea pas à la tradition et aligna ses propres veilleuses, non sans répondre aux gamins d'en face qui gesticulaient derrière leurs carreaux illuminés. Réalisant qu'il faisait sans doute cela pour la dernière fois, Bastien ne put s'empêcher de soupirer. L'été prochain, sa vie prendrait un nouveau tour, s'infléchirait de telle façon qu'on pouvait à bon droit se demander si l'avenir qu'on lui avait réservé valait la peine d'être vécu. Avec force et sans appel, quelque chose répondait négativement à cette question.

Bastien prépara une salade, puis réchauffa un reste de riz blanc avec du beurre et du gruyère. Il dîna sur un coin d'évier, sans prendre la peine de s'asseoir, pressé tout à coup de retourner à l'élaboration de son mandala. Il n'aurait su dire pourquoi cette structure l'avait séduit, mais il en dessinait depuis l'adolescence, avant même d'avoir connu la signification de ces géométries circulaires et bariolées. La première qu'il eût jamais aperçue se trouvait dans la section tibétaine du musée Guimet ; elle représentait la roue du temps : une sorte d'enchevêtrement de cercles et de carrés concentriques, un franc coloriage peuplé d'écritures sibyllines, de monstres et de corps nus. Bastien avait pénétré enfant dans ce labyrinthe et n'en était jamais sorti.

Ces figures, il les avait recopiées ou réinventées d'innombrables fois depuis cette première confrontation. Construire un mandala de sable était un acte d'une toute autre portée. La moindre erreur de trait ou de couleur pouvait avoir des conséquences dramatiques en termes de karma. Bastien ne s'y était résolu qu'au printemps de cette année. Son œuvre était aujourd'hui quasiment accomplie, mais il y travaillait de plus en plus lentement, mû par une sorte d'appréhension où se mêlaient l'impatience du point final et la crainte du désœuvrement qui s'ensuivrait. Les sables utilisés provenaient tous de ses promenades dans la ville ; l'ocre rouge avait été ramassé sur la place Bellecour, le jaune et le blanc au hasard des chantiers de construction, le bleu au fond d'un aquarium jeté aux encombrants. Les autres teintes ou nuances étaient issues de subtiles combinaisons entre ces quatre couleurs de base.

Malgré son désir de ne rien changer à la discipline de ses journées, Bastien cessa son travail au bout d'une quinzaine de minutes. Il ne

Au beau milieu du pont Bonaparte, peu après la place Bellecour, deux jeunes filles astucieuses avaient installé un système de poulies permettant de lâcher sur la Saône des photophores porteurs de messages. Les gens se pressaient autour d'une table pour y laisser quelques centimes et confier leurs attentes secrètes au bon vouloir du fleuve. Cédant à une impulsion, Bastien écrivit deux lignes sur l'un des carrés de papier mis à la disposition des badauds, puis le plia en quatre avant de le remettre à la demoiselle souriante qui tenait ce stand d'un nouveau genre. Il la regarda introduire son billet au fond d'un pot de yogourt en verre et déposer par-dessus une bougie allumée. Son pot rejoignit une quinzaine d'autres récipients identiques à l'intérieur d'une cage en fer dont on avait ôté les barreaux sur toute une face. Le dispositif fut ensuite descendu, de plus en plus lentement, jusqu'à toucher l'eau et libérer dans le courant sa flottille d'espoirs lumineux. Bastien les observa s'éloigner, songeant avec émotion à ce qui pouvait bien remplacer l'image du Potala dans tous ces rêves en allés.

parvenait pas à se concentrer suffisamment pour éviter de remâcher les conséquences de son entrevue avec le principal. En se redressant, les reins déjà moulus par sa position courbée au-dessus de la table, l'idée lui vint brusquement d'inviter chez lui tous les enfants de l'immeuble pour un arbre de Noël. Ce serait répondre par l'offrande à l'avanie. Il achèterait des jouets au Nain Jaune, des kilos de bonbons, des chocolats de chez Weiss, ce qu'il y avait de mieux pour organiser un goûter qui puisse marquer durablement la mémoire des petits. Et tout serait bien.

Bastien rédigea une invitation, mit un rouleau de ruban adhésif dans la poche de son manteau et descendit placarder sa demi-feuille sur la porte vitrée de l'entresol. En entendant les flonflons assourdis de la fête, il sortit de l'immeuble, décidé à humer l'air de cette nuit particulière. Partout on percevait l'excitation à l'œuvre sur la ville : cette façon qu'avaient les gens de presser le pas vers le boucan des grandes artères, ces couples attelés par la main à des ribambelles de mioches porteurs de lampions, ce brasillement dans leurs yeux des milliers de chandelles sur la muraille sombre des façades. La musique provenait du square Ampère ; un orchestre d'étudiants y jouait des rythmes afro-cubains. Sur le cours Victor-Hugo, la foule s'écoulait au ralenti, comme guidée par les illuminations lointaines de Notre-Dame de Fourvière. Bastien s'y laissa emporter, puis dissoudre avec une sorte de jouissance.

3

En sortant de l'ascenseur, le lendemain matin, Rose trouva madame Bretèche devant l'affichette posée par Bastien.

— Vous avez vu ça ? dit-elle en montrant la porte vitrée.

— Bonjour madame Bretèche, répondit Rose sur un ton gentiment réprobateur. Qu'est-ce que je suis censée avoir vu ?

— Oh, excusez-moi... Je suis si contrariée, que j'en oublie de vous saluer. Regardez, regardez-moi ce que ce vieux grigou est allé inventer !

— Mais cela me semble très gentil de sa part, dit Rose après avoir lu le message du gardien. C'est d'autant plus aimable qu'il ne doit pas rouler sur l'or. Si tous les enfants de l'immeuble se retrouvent chez lui, il risque d'avoir des frais importants... Il n'a jamais organisé ce genre de fête ?

— Non, c'est la première fois en trente ans. Et c'est ce qui est bizarre... Mais, rassurez-vous, il n'aura personne.

— Comment ça, personne ? Je compte bien y emmener Paul, et je suis sûre que mes voisins de palier y enverront les leurs...

— Vous vous trompez, madame Sévère. Vous n'habitez pas ici depuis assez longtemps pour le savoir, mais personne ne confierait même un enfant à ce monsieur. Et si j'étais vous, je m'abstiendrais également.

— Et pourquoi donc ?

— Une vieille histoire...

— Si vous m'en disiez plus, cela m'aiderait peut-être à prendre la bonne décision, reprit Rose, un peu énervée par ces cachotteries.

— Ce n'est pas à moi de vous le dire. Mais bon, vous vous doutez bien que c'est pour une raison sérieuse. Elle prit un air désolé : il y a des choses qui ne se pardonnent pas, vous comprenez ?

Rose ne comprenait pas, non ; mais cette commère avait réussi à entamer la sympathie naturelle que le vieux monsieur du cinquième lui inspirait. Malgré leur obscurité, ses insinuations laissaient entendre que le gardien s'était rendu coupable d'une faute grave, et dans ces conditions elle ne prendrait pas le risque de lui abandonner petit Paul, ne serait-ce que pour un goûter.

Ce même jour, entre midi et deux, Rose quitta son bureau de chercheur à la Maison de l'Orient pour se rendre à la bibliothèque. Depuis quelque temps, la mise à jour du *Répertoire de peintures grecques et romaines* de Salomon Reinach était devenue sa planche de salut, la seule chose capable de la détourner du souvenir de sa mère. Elle s'y cramponnait de façon déraisonnable, au point d'y sacrifier régulièrement son déjeuner.

À peine installée, elle crut reconnaître, de dos, trois tables plus loin, la silhouette filiforme du gardien. Bien qu'elle fût certaine de se méprendre – il n'y avait aucune chance pour que son voisin du dessus vînt travailler dans une bibliothèque aussi spécialisée –, Rose ne parvenait pas à douter de ce qu'elle voyait. Résolue à en avoir le cœur net, elle faisait mine de se lever lorsqu'un étudiant la devança. Il s'approcha du lecteur et chuchota quelques mots en lui montrant la photocopie qu'il tenait entre les mains. Ce dernier l'invita à s'asseoir, puis se pencha sans tarder sur le texte soumis par le jeune homme. Rose admit aisément qu'elle s'était trompée et avait pris pour le gardien quelque chercheur ou professeur vieillissant, mais lorsque l'homme se tourna de trois quarts pour parler à l'étudiant, elle constata, stupéfaite, qu'il s'agissait bel et bien de monsieur Lhermine.

Elle se promit d'aller le saluer, sous prétexte de décliner son invitation, et de tirer au clair les raisons de sa présence. Une heure plus tard, lorsqu'elle leva les yeux de ses papiers, le gardien n'était plus là. Comme l'étudiant qui lui avait parlé lisait toujours à sa table, Rose céda à la curiosité et l'aborda, prêchant le faux pour savoir le vrai :

— Excusez-moi de vous déranger, dit-elle, mais je vous ai vu travailler avec quelqu'un, tout à l'heure, et il me semble l'avoir eu comme professeur autrefois...

— Oh, ce n'est pas un prof, répondit le jeune homme, personne ne sait exactement d'où il sort ; en revanche, il n'y en a pas beaucoup qui s'y connaissent autant que lui en sanskrit et en tibétain. Quand on a un texte un peu *hard* à préparer, je peux vous dire qu'il y a la queue pour venir l'interroger...

La vérité, Rose en conviendrait plus tard, c'est qu'elle l'avait identifié au premier coup d'œil ; mais on a de tels préjugés sur les gens, on les enferme dans des cages si exiguës, qu'on reste ahuri lorsqu'ils en débordent subitement de tous côtés. Je me suis trouvée bête, dirait-elle en me relatant cette anecdote, je m'en suis voulue de constater combien ma perception de cet homme avait changé, à quel point il était remonté dans mon estime par la seule magie de ses compétences en langues orientales. J'étais vexée de mon étroitesse d'esprit ; je sais maintenant que c'est à cause de cela, et en quelque sorte pour me punir de l'avoir méjugé, que j'ai accepté son invitation. Le soir même, j'ai glissé un mot dans sa boîte aux lettres pour confirmer que nous viendrions à son goûter de Noël.

Trois jours avant la date fixée, on a sonné à la porte, et c'était lui : à part Rose, tous les parents s'étaient défilés. Il ne l'a pas formulé de cette façon, bien sûr ; il a dit que chacun avait ses occupations, qu'il était trop difficile de réunir l'ensemble des enfants sur un seul jour, qu'il préférait donc annuler sa petite fête et distribuer directement aux gamins l'argent de leurs cadeaux. À charge pour Rose d'acheter à son fils le jouet qui lui ferait plaisir. Il y avait deux cents francs dans l'enveloppe ; multiplié par le nombre d'enfants de l'immeuble, cela faisait quelque chose comme quatre cents euros d'aujourd'hui ! Rose essaya en vain de refuser : Bastien tenait absolument à ce qu'elle utilise cet argent comme il l'avait décidé. Il avait l'air confus d'être acculé à ce porte à porte, mais ses yeux laissaient surtout transparaître une infinie tristesse. Une tristesse de naufragé, songea Rose, l'affliction d'un être abandonné à une solitude sans secours. Avant de prendre congé, Bastien se pencha vers Paul et lui demanda ce qu'il aimerait avoir comme cadeau. Un piano, lui répondit l'enfant, au grand étonnement de sa mère qui l'entendait réclamer cela pour la première fois. Dès le lendemain, cependant, elle emmena Paul dans un grand magasin et le laissa choisir un petit clavier électronique dont le prix correspondait à peu près à la somme reçue. De retour au 6, rue d'Auvergne, elle se fit un devoir d'inviter le gardien à prendre l'apéritif, de manière à ce qu'il puisse profiter de la joie de Paul avec son nouveau jouet.

4

Mon petit Paul... Je me trouve un peu bête de t'appeler encore de cette façon – et le jeune homme que tu es doit penser la même chose de sa « vieille » mère –, mais voilà, c'est comme ça.

Merci, tout d'abord, de m'avoir soumis les premières pages de ton roman. C'est une preuve de confiance à laquelle je suis très sensible, crois-le bien. Mais ensuite, que te dire ? Je ne suis pas une bonne lectrice, et en tout cas, tu le sais, pas selon ton goût. Tu ne m'en voudras donc pas si je m'abstiens de porter un jugement sur ton texte. Ce n'est pas que je m'y refuse, mais j'en suis tout bonnement incapable. Cette histoire, c'est la mienne, et je ne peux en parcourir la moindre ligne sans raviver le foyer de culpabilité qui lui est associé dans ma mémoire. Il y a même, je l'avoue, un peu de honte – presque d'obscénité, même si le mot est un peu fort – à voir ma propre vie ainsi étalée, un peu de rancœur aussi à m'en sentir dépossédée.

J'essaye d'être sincère, tu le vois, mais sache bien que je ne t'en veux pas une seule seconde. En te racontant cette part de notre passé, je l'ai moi-même livrée à la fiction : celle de mes souvenirs, sans doute subjectifs et incomplets, et celle que tu échafaudes maintenant pour des gens qui s'approprieront sans le savoir une part intime de ce que je suis.

Bastien était très proche de l'image que tu en donnes : rien de plus normal, puisque c'est moi qui ai brossé au fil des ans ce portrait dans ton esprit, mais il reste trop flou pour lui rendre vraiment justice. Je suis seule responsable de cette imprécision. Tu ne m'en voudras pas, je l'espère, d'y ajouter aujourd'hui quelques retouches.

Lorsque monsieur Lhermine est venu chez nous, par exemple, il s'était mis sur son trente et un. Costume noir élimé, cravate-lacet pendouillant d'un grand col froissé, sachet de chocolats à la main, on aurait dit un immigré d'Europe de l'Est. Il est resté pétrifié sur un coin du canapé sans toucher à son jus de fruit durant plus d'une heure. Je n'arrivais pas à lui tirer trois mots, et quand il m'a demandé si je passais Noël en famille, avec mes parents, c'est moi qui suis restée courte. Je lui ai dit que je n'avais plus mon père depuis des années, mais j'ai menti sur maman. Je ne sais pas ce qui m'a pris, j'ai inventé qu'elle était en pèlerinage à Auschwitz. À Auschwitz, quelle folle ! Je me suis sentie tellement idiote, que je lui ai parlé ensuite de son passé de résistante à Lyon pour expliquer son désir de visiter le camp. Un vrai pour un faux, ça donne toujours du vraisemblable… Je me demande encore s'il m'a crue, mais il m'en a donné tous les signes et s'est mis à évoquer le fort de Montluc, les miliciens de la Franc-Garde qui siégeaient à l'école des Pères Jésuites, rue Sainte-Hélène, à deux pas de chez nous, au point de me donner l'impression qu'il avait été lui-même résistant. Je n'ai pas eu le loisir de lui poser la question, parce que tu es arrivé avec le cadeau préparé à son attention : une carte postale représentant le Dalaï-lama que tu avais toi-même choisie lors de nos dernières vacances. Et là, ça a été un choc ! Son visage s'est métamorphosé ; une lumière l'habitait soudain. La photo tremblait entre ses doigts, son regard passait de toi à moi, quêtant une explication. Tout son être montrait que tu l'avais touché au plus près de ce qui le faisait vivre. Il en devint presque volubile : sans y être jamais allé, le Tibet était son unique passion depuis toujours, il lui avait dédié son existence ; est-ce que nous savions ce qu'était un mandala ? – et il s'adressait aussi bien à toi qu'à moi en disant cela –, le lamaïsme, vous comprenez, plus qu'une philosophie, plus qu'une religion, comment dire... Et c'est un enfant qui me donne cette image ! Incroyable, je n'en reviens pas, ne cessait-il de répéter entre deux tentatives de développement avortées.

Son trouble était si fort qu'il s'est tu un instant pour avaler son jus de fruit d'un seul trait et me demander la permission de se resservir.

Voilà, plus le temps passe et plus je suis persuadée que tout s'est engrené à cet instant. Ensuite, je me suis sentie obligée d'admettre moi aussi ma fascination pour ce pays. À mon niveau, bien sûr, pas comme lui – et là j'ai dit dans quelles circonstances je l'avais entrevu à la bibliothèque de la Maison de l'Orient –, moi c'était surtout à cause d'Alexandra David-Néel, de ces voyages aventureux que je n'aurais sans doute jamais l'occasion de faire. D'où notre passage au musée de Digne durant les vacances, et cette carte postale qui venait de mettre le feu aux poudres.

— Ça n'en reste pas moins un signe, a-t-il dit en te prenant la main, quelque chose de très important pour moi. Si vous vous intéressez un peu au Tibet, vous savez que les coïncidences n'existent pas, il n'y a que des rencontres nécessaires.

Quelque chose que je ne t'ai jamais dit non plus : peu de jours après sa venue chez nous, j'ai dû honorer un rendez-vous important pour mon travail ; une spécialiste de la peinture pompéienne était de passage à Lyon, elle n'avait que deux heures à me consacrer, en plein après-midi ; tu faisais la sieste, ta baby-sitter était injoignable... En désespoir de cause, je suis montée chez Bastien, et je lui ai demandé s'il ne pouvait pas venir chez nous te surveiller. Il a paru surpris une seconde, mais a tout de suite accepté. Avant de partir, je l'ai prévenu que tu risquais de te réveiller en hurlant à cause de ta phobie du bruit : « Maman, y a une bête dans le plafond... » Je ne crois pas que tu t'en souviennes, mais le moindre craquement au-dessus de ton lit te jetait dans une incommensurable terreur. Loups, monstres, sorcières ? Je n'ai jamais réussi à te tirer un seul mot sur ces choses qui te hantaient, elles m'en paraissaient d'autant plus effrayantes. À cette époque, j'en étais venue à songer sérieusement à t'emmener consulter un pédopsychiatre. Tu connais mes doutes sur l'efficacité de cette pratique, c'est dire à quel point j'étais inquiète de ces frayeurs inexplicables.

Je ne t'ai pas laissé de gaieté de cœur en sa compagnie, et pour dire la vérité, je n'ai cessé de penser durant tout mon entretien à ce que m'avait laissé entendre cette affreuse bonne femme dans l'escalier. J'ai pris un taxi pour revenir plus vite à la maison, mais lorsque je suis entrée et que j'ai entendu ton fou rire d'enfant, j'ai compris que j'avais eu tort de me faire autant de souci : vous étiez tous les deux attablés dans la cuisine, et il avait utilisé mes réserves de beurre pour t'aider à modeler toutes sortes de figurines ! Des têtes de bélier, des flammes, des crânes, des dragons que tu étais en train de barbouiller avec les couleurs pétantes de ta boîte à gouache… J'en ai été suffoquée.

— Je vous rembourserai le beurre, bien sûr, m'a-t-il dit, l'air penaud.

Je m'en veux encore de m'être embrouillée dans mes dénégations, faute de pouvoir manifester à quel point je me foutais du beurre tellement j'étais soulagée, folle de joie de te retrouver indemne et si heureux en sa compagnie ! Avant de partir, il m'a prise à part : je ne devais plus m'inquiéter de ta phobie du plafond, vous en aviez parlé ensemble lorsque tu t'étais mis à brailler en entendant l'aspirateur de la voisine du dessous… Sur le coup, je me souviens l'avoir trouvé un tantinet présomptueux. Toujours est-il qu'à partir de ce jour-là, tu n'as jamais plus été effrayé par le bruit, qu'il vienne du plafond ou d'ailleurs. Mon amour-propre de mère en a pris un coup, je le confesse, mais seul comptait le résultat, même si je me demande aujourd'hui encore ce que Bastien a pu inventer pour rétablir ta confiance aussi durablement.

Trois semaines plus tard, en tout cas, nous partions ensemble pour le Tibet.

5

Lorsque petit Paul s'était mis à pleurer, Bastien lui avait simplement caressé le front. Longtemps, très longtemps, sans dire un mot. Et quand les larmes et les sanglots de l'enfant eurent fait place à une surprise un peu inquiète, il s'était penché vers lui jusqu'à coller sa bouche au creux de son oreille :

— Le bruit, avait-il chuchoté gravement, ce n'est que la petite musique des choses. . Un secret entre toi et moi, ne le répète à personne, même pas à ta maman...

Les sculptures en beurre avaient fait le reste.

Avant le réveil de l'enfant, Bastien s'était assis dans chaque pièce de l'appartement de Rose et avait observé chacun des objets qui s'y trouvaient. Comment aurait-il pu avouer que depuis quarante ans c'était la première fois qu'il pénétrait chez quelqu'un ? Durant l'apéritif, en présence de Rose, les objets du séjour l'avaient littéralement assailli. Il était resté médusé par leur profusion, puis par l'espèce d'impudeur avec laquelle toutes ces choses parlaient de la jeune femme, la mettaient à nu.

Tout à l'heure, voisinant avec les ouvrages d'Alexandra David-Néel, et curieusement *Le Matin des magiciens*, il avait remarqué dans la bibliothèque plusieurs livres d'Isabelle Eberhart ; sur sa table de nuit, il y avait même *La Voie cruelle*, d'Ella Maillart. Rose était donc moins attirée par le Tibet de l'excentrique voyageuse que par le voyage lui-même, par l'aventure au féminin. Les vieilles gravures de monuments antiques encadrées un peu partout sur les murs, les lampes à pétrole, la mise en scène d'un violoncelle abîmé, les trois postes de radio en bakélite, l'incroyable désordre de son bureau, le mur de photos consacrées à sa mère, juste en face de son lit, et jusqu'au choix systématique de jouets en bois pour son fils, c'était comme lire une à une les pages de son journal intime. Les pleurs du petit Paul l'avaient heureusement délivré de cette intrusion involontaire, mais sans réussir à effacer dans son esprit les nouveaux éléments qui venaient compléter la personnalité de Rose.

Rentré chez lui, le vieil homme prit son didgeridoo et s'y aboucha. Il n'en jouait que de façon médiocre, mais les sons graves qu'il tirait de l'instrument ravivaient dans son souvenir la mélopée puissante, inexorable, des trompes tibétaines. Il prit conscience de son désarroi en même temps qu'il l'apaisait par la musique. Rose lui avait accordé sa confiance sans calcul, sans aumône, et cela le bouleversait. Il se demandait seulement pourquoi la jeune femme lui avait menti. Pour amadouer l'enfant, il s'était senti obligé de l'interroger sur sa famille. Pas sur son père – l'absence de ce dernier planait au-dessus d'eux comme une ombre malsaine –, mais sur cette grand-mère dont Rose avait si bizarrement multiplié l'image.

— Mamie, elle est au ciel, avait répondu petit Paul, l'a tombé dans la rivière...

Durant les jours qui avaient suivi ce fameux apéritif, Bastien ne cessa de penser à Rose et à son fils. Il suffisait qu'il s'arrête de travailler quelques secondes pour que leurs visages lui apparaissent. Même les finitions de son mandala de sable ne parvenaient pas à effacer l'espèce de bonheur tranquille lié à la nostalgie de leur présence. L'enfant et sa mère lui manquaient.

Il n'avait aucune expérience des usages en la matière, mais jugea bon de laisser passer une semaine avant de les inviter à son tour chez lui. Rose s'empressa d'accepter, curieuse de découvrir le gardien dans son environnement.

Elle s'était attendue à un univers négligé de vieux garçon, un espace encombré de livres, surchargé par les sédimentations poussiéreuses d'une vie : son étonnement fut à la mesure de ses préjugés. Pas un livre, pas un tableau ni même une affiche, les murs étaient strictement nus. Mis à part les gros coussins sur lesquels Bastien les invita ensuite à s'asseoir, il n'y avait en tout et pour tout qu'une grande table ronde recouverte de sables colorés, quelques pots remplis du même sable alignés sous la fenêtre, et debout dans un angle, un long cylindre de bois brun. La pièce était plus petite que son propre séjour, mais semblait deux fois plus vaste ! L'ensemble était d'une propreté si méticuleuse qu'elle eut honte de l'avoir introduit chez elle sans avoir fait le ménage auparavant.

Son premier geste fut d'interdire à Paul de s'approcher de la table, mais Bastien avait prévu la chose, il le prit dans ses bras et détailla son œuvre à l'enfant : ce grand dessin riche en couleurs était une représentation du mandala de Kalachakra.

— C'est le nom d'un palais, dit-il, un grand palais de cinq étages où habite un roi merveilleux qui s'appelle Kalachakra. Tu peux le voir là, au centre du dernier étage, dans sa toute petite chambre carrée. Il est assis sur une fleur de lotus, il ne bouge jamais, il regarde autour de lui et il est content...

— Jamais, jamais, jamais ? demanda Paul. Il ne s'ennuie pas ?

— Non. Il ne sait même pas ce que ça veut dire. Il habite là avec sa femme. Elle s'appelle Vishvamata, et elle porte une superbe robe jaune-orangé.

— Et elle non plus, elle s'ennuie jamais ?

— Pas plus que son mari ! Ils sont heureux, tu comprends, et quand on est heureux, vraiment heureux, on n'a plus envie de rien...

— Même pas d'une Game Boy ?

— Même pas. Le truc, c'est que la chambre où ils se trouvent est une chambre magique : elle rend heureux tous ceux qui réussissent à y pénétrer. Mais c'est très difficile de la trouver, parce que dans le palais il y a des centaines d'autres pièces. C'est comme un labyrinthe où l'on peut se perdre à tout moment...

— Qu'est-ce qu'il y a dans les autres pièces ?

— Dans une des pièces il y a des Game Boy, des centaines de Game Boy, dans une autre il y a des bonbons de toutes les sortes, dans une autre il y a des robots électroniques, et ainsi de suite. Mais si tu t'arrêtes dans une de ces pièces, disons celle des Game Boy, tu te mets à jouer, et puis au bout d'un certain temps, voilà que tu commences à t'ennuyer... Alors tu passes dans la pièce des bonbons, et tu te mets à manger, à manger, jusqu'à t'en rendre malade. Comme c'est barbant, tu changes encore, tu passes dans la pièce des robots, et là aussi tu finis par te lasser. Ça n'arrête pas...

— C'est où la chambre des Game Boy ?

— C'est là, au premier étage, dit Bastien en lui montrant un motif dans la plus grande des enceintes carrées du mandala. Et à côté, la chambre des friandises. Ici, tu peux voir la chambre des robots, là celle des peluches, un peu plus loin celle des trains électriques... Il y a cinq cent trente-six chambres, bien plus que tu n'es capable d'en inventer.

— Par où on rentre ?

— Regarde, il y a quatre portes : celle du Sud, qui est gardée par des chevaux, celle de l'Ouest par des éléphants, celle du Nord, par des léopards des neiges, et celle de l'Est par des cochons...

— Et y a quoi au deuxième étage ?

— Au deuxième étage, il y a encore cent seize chambres, et dans chacune d'entre elles une maman qui te raconte des histoires. La chambre des histoires de loups, celle des princesses, celle des ogres, celle des sorcières, tu n'as que l'embarras du choix. Mais si tu as réussi à venir jusque-là, c'est que tu es sur la bonne voie, et chacune de ces histoires te donnera une indication pour monter au troisième étage. Là, il n'y a que soixante-dix chambres décorées avec des miroirs. On y entend sonner des cloches et toutes sortes de musiques plus belles les unes que les autres. Dans chacune des chambres, il y a un maître ou une maîtresse d'école qui t'aide à devenir plus intelligent et à trouver l'escalier qui mène au quatrième étage.

— Et au quatrième ? demanda Rose, entrant soudain dans le jeu.

Bastien la regarda un instant, elle vit l'onde de désolation qui brouillait son regard :

— Au quatrième, dit-il en fixant le mandala, cherchant ses mots, on est tout près du but. Il n'y a plus que seize chambres avec autant de piliers et de bassins en marbre noir. On doit plonger dans chacun d'entre eux, s'y laver pour de bon de toutes nos souillures.

S'avisant qu'il ne conversait plus qu'avec lui-même, Bastien s'excusa auprès de Paul et continua :

— Ce qui veut dire qu'avant d'accéder à la chambre magique, il faut penser sérieusement à la Game Boy que tu as cassée ou perdue, laver les traces de chocolat autour de ta bouche, demander pardon à tes dents à cause des bonbons, à toutes les fourmis que tu as écrasées pour le seul plaisir de les voir se tortiller, au chat dont tu as tiré la queue, et comme ça pour toutes les chambres dans lesquelles tu as pénétré sans en sortir aussitôt. Et là, au bout d'un long moment, si tu as été sincère, un passage secret s'ouvre sans le moindre bruit et découvre un escalier de diamant : pour peu que tu aies le courage de t'y engager, il te mène pour toujours au cinquième étage et à la chambre de la félicité suprême.

— Et sinon ? demanda petit Paul, l'air sérieux.

— Pas de problème, mon grand : tu continues à te balader dans toutes les chambres du palais, ce qui après tout n'est pas si désagréable, non ? Mais tu n'aurais pas envie d'une grenadine, par hasard ?

Devant l'approbation vigoureuse de Paul, il les avait fait asseoir sur les coussins, à même le parquet, et s'était empressé de leur servir à boire.

6

Là tu as fait très fort, mon petit Paul... Tu te souvenais donc de ce que monsieur Lhermine t'avait raconté pour éliminer ta peur ! Quand je pense aux trésors de psychologie déployés en vain dans le même sens... Mais, bon, ce n'est pas très important. Je m'étonne seulement que tu aies pu garder un secret si bénin aussi longtemps. Disons que cela prouve au moins un fort tempérament... et selon toute vraisemblance que tu avais besoin d'un père beaucoup plus que je ne le pensais à l'époque.

Tu as choisi de me parler d'une façon bien compliquée, je trouve. Mais c'est mieux que rien (ou si peu...), et je me prêterai avec plaisir à ce petit jeu tant que tu ne t'en lasseras pas toi-même.

L'autre révélation de ton texte – je ne crois pas, pour le coup, que tu l'aies faite sciemment, je l'espère du moins de tout mon cœur – concerne la mort de maman. Que Bastien ait su que je lui mentais me bouleverse plus que je ne saurais l'écrire. J'en ai rougi comme une jeune fille... Tu ne sais pas vraiment ce que cet homme a été pour moi ni combien je lui suis redevable de m'avoir remise sur les rails.

Sa grandeur d'âme n'en est que plus grande ; je me sentais idiote de ne pas lui avoir dit tout de suite la vérité, mais grâce à toi je sais maintenant que je suis blâmable d'avoir trahi son élan vers nous.

De son côté, il a toujours été franc avec moi. S'il a menti, ce n'est que par omission, par lassitude, je dirais. Ce jour-là, après le conte qu'il avait improvisé pour toi – tu l'as bien amélioré, mais c'était à peu près ça –, je lui ai quand même demandé d'où lui venait tout son savoir sur les mandalas, sur le Tibet. Il n'a pas éludé la question, les étudiants devaient la lui poser souvent, et y a répondu me semble-t-il avec la plus grande sincérité :

— C'est une passion qui date de mon enfance, m'a-t-il dit, l'une de ces ferveurs de gosse pour les poneys, les dinosaures, que sais-je… Mon père était un lettré, j'avais à ma disposition une belle bibliothèque dont j'adorais feuilleter les livres. Je m'y réfugiais, pour tout dire, tant mon père me menait la vie dure. C'était un homme d'un autre siècle, quelqu'un qui trouvait normal de ne pas embrasser ses enfants et de les vouvoyer. Les seules fois où il se rapprochait de nous, c'était pour sortir sa collection de monnaies antiques et vérifier que nous savions en déduire la liste complète des empereurs romains. Il fallait mettre un nom sur chacune d'entre elles, mais aussi lui donner les dates de règne, un peu comme on récite ses tables de multiplication. Domitien, 81-96 ; Néron, 54-68 ; Claude, 41-54 ; Théodose, 379-395… Un véritable calvaire ! Nous avions droit à deux erreurs ; à la troisième : « Dans votre chambre, monsieur, au lit et sans manger ! » Voilà ; d'autres ont été sauvés par Jules Verne ou Stevenson, moi c'est par *la Revue du Tour du monde*. Ça ne vous dit rien, bien sûr, mais dans le recueil de l'année 1860 il y avait le récit de Gabriel Bonvalot sur son voyage en Asie : *De Paris au Tonkin à travers le Tibet inconnu*. Je pourrais encore vous décrire chacune des gravures qui l'accompagnaient... Ce fut comme si on m'avait inoculé un virus. Après cette découverte, j'ai dévoré tout ce qui concernait le Tibet, pas grand-chose, en fait, et souvent des ouvrages qui me passaient bien au-dessus de la tête, mais cette lubie énervait mon père prodigieusement, et je m'y accrochais. L'été suivant, on nous avait envoyés en vacances chez ma tante maternelle, à Paris. Un après-midi où elle était sortie faire des courses avec Gilles, mon frère aîné, je suis parti tout seul au musée Guimet. C'est là, au détour d'un couloir, que j'ai rencontré mon premier mandala. Aujourd'hui, je dirais que c'est lui, en quelque sorte, qui m'a trouvé... mais je m'y suis perdu corps et âme jusqu'à l'heure de la fermeture, et il m'a fallu toute une vie pour comprendre que le centre d'un labyrinthe avait moins de valeur que nos errements pour y parvenir.

Je suis certaine que dès cet instant il m'avait déjà dit toute la vérité. Le reste était sans importance pour lui, sans aucune espèce de réalité. Bien entendu, je n'ai rien compris sur le moment, sinon le désarroi visible qui soudait ses lèvres en une cicatrice tortueuse. J'étais curieuse de savoir comment il en était arrivé là et je lui ai demandé la suite...

— Pourquoi j'ai quelques connaissances sur le tantrisme ou pourquoi je suis gardien ? Aussi étrange que cela paraisse, les deux choses sont liées : j'ai fait des études spécialisées après mon bac, en Allemagne entre autres, et puis la vie s'est chargée de m'apprendre qu'on ne fait pas de choix impunément. Dans mon cas, la sentence a été un peu lourde, c'est vrai, mais je ne l'ai jamais trouvée injuste. Cela dit, si vous le permettez, je vous raconterai cela une autre fois.

Contrairement à ce que sa dernière phrase pourrait laisser entendre, il avait clos le sujet sans aucune agressivité, sans même suggérer que j'étais allée trop loin. Comme tu tournais en rond, il est allé te chercher de quoi dessiner. Tu l'as suivi, et c'est en essayant de te rattraper que j'ai pu apercevoir l'intérieur de sa chambre : il n'y avait rien non plus, même pas un matelas ! La natte sur laquelle il dormait était soigneusement roulée le long d'une plinthe, à côté d'une cantine en métal couleur kaki, c'était tout. Je me suis fait la réflexion que l'ensemble de ce qu'il possédait devait tenir dans cette malle. Si l'envie lui venait, il pouvait y ranger ses affaires en dix minutes, mettre le tout dans un taxi et partir où bon lui semblerait. J'ai pensé au camion de cinquante mètre cubes qui avait transporté notre déménagement, à l'élévateur, au prix que cela avait coûté... Quelle indécence, comparé à ce dénuement volontaire, à cette ascèse ! Il a sorti de la cantine des crayons de couleur et quelques feuilles manifestement préparées à ton attention sur lesquelles il y avait des contours de mandalas.

— Tiens, a-t-il dit en revenant dans le séjour, tu peux t'amuser à les colorier, si ça te dit. Tu commences de l'extérieur et tu vas vers la chambre magique : à toi d'inventer des couleurs de plus en plus belles...

Installé à l'autre bout de la pièce, sur le parquet, tu as commencé par réfléchir, puis tu t'es plongé dans ton coloriage avec une concentration inhabituelle. Je ne t'avais jamais vu aussi absorbé ; Bastien a souri en te regardant.

« On ne fait pas de choix impunément » : tu imagines comment ces mots avaient fait leur chemin dans mon esprit... J'ai bu mon second verre de vin blanc, et je me suis lancée :

— Je vous ai dit que ma mère avait été résistante, n'est-ce pas ? Dès 1943, elle a rejoint le réseau Brutus que dirigeait Pierre Fourcaud. En juin de l'année suivante, la milice est venue l'arrêter sur dénonciation, et elle a été conduite à la prison de Montluc. Elle y est restée trois mois. On venait la chercher régulièrement pour la conduire place Bellecour, au siège de la Gestapo. Elle s'est vite aperçue qu'elle était aux mains du M.N.AT., le Mouvement National Antiterroriste que dirigeait Francis André, dit « Gueule tordue » à cause de sa mâchoire défoncée. Toute sa bande venait d'être intégrée à la section IV de la Gestapo. C'est là, au 33, place Bellecour, qu'eurent lieu les « interrogatoires ». Elle ne vit Gueule tordue que la première fois, lorsqu'ils se contentèrent de l'intimider pour la convaincre de travailler pour eux. Ensuite, c'est un autre Français, toujours le même, qui s'était occupé d'elle. Après les coups de gourdin ou de matraque sur toutes les parties du corps, maman a eu droit aux pires des tortures employées à l'époque : ce type lui a maintenu la tête sous l'eau jusqu'à l'étouffement, il lui a écrasé au marteau les doigts et les orteils, lui a arraché les dents, les ongles... la liste est interminable. Il l'a même livrée à son berger allemand. Et cela jour après jour durant trois mois, jusqu'à faire d'elle une loque purulente qui n'était même plus capable de supplier pour qu'on la tue. Elle venait d'avoir vingt-quatre ans lorsqu'ils l'ont transférée à Compiègne, et deux semaines après à Ravensbrück... Vous concevez sans peine ce qu'elle a pu subir là-bas, c'est un miracle qu'elle en ait réchappé. Maman n'a jamais oublié le nom de son tortionnaire français ; il y a quelques mois, elle m'a demandé de faire des recherches dans les archives pour savoir ce qu'il était devenu. Ça m'a pris un temps fou, obligée à des recoupements dont je vous passe les détails, mais j'ai fini par retrouver sa trace. Non seulement ce salaud est vivant, mais à la Libération il a réussi à se faire passer pour un résistant. Une identité d'emprunt, de vrais faux papiers prélevés sur le bon cadavre... il a parfaitement orchestré son affaire. Mais où l'on atteint l'abomination pure et simple, c'est que maman le côtoie sans le reconnaître à chaque cérémonie d'anciens combattants, qu'elle le salue, qu'elle s'assoit à sa table... et moi je ne sais pas si je dois ou non lui dire la vérité... Je ne sais pas, vous comprenez, je ne sais plus du tout ce que je dois faire...

Voilà, c'est la seconde et dernière fois où j'ai menti à monsieur Lhermine. Et je n'en suis pas fière, tu t'en doutes... Quand j'ai osé le regarder, ses yeux rayonnaient de souffrance vicaire. C'était quelque chose d'incomparable, une mansuétude, une douceur... Le cœur authentique de la détresse. Mon sang s'est mis à battre violemment à mes tempes. Crois-le ou non, mais à ce moment-là j'ai eu l'absolue certitude que cet homme était un saint.

7

Après que Rose eut regardé sa montre et constaté qu'il était grand temps pour petit Paul de prendre son bain, Bastien l'avait raccompagnée avec son fils jusqu'à la porte. Ce n'est qu'à ce moment-là, debout sur le palier, qu'il s'était permis de lui dire quelques mots :

— Entre deux extrêmes, lui avait-il confié en gardant sa main dans les siennes un peu plus longtemps qu'il n'aurait fallu, entre dire et ne pas dire, il existe toujours une troisième voie. Je suis persuadé que vous réussirez à la trouver…

Il n'était pas certain d'avoir prononcé les paroles justes, mais Rose avait semblé très émue de cet effort pour l'aider à résoudre son dilemme.

Durant les jours qui suivirent, la situation à Saint-Luc devint insupportable. Libérée par l'annonce du prochain départ de Bastien, mademoiselle Chubileau laissait libre cours à sa malveillance naturelle : voilà que les escaliers du lycée n'étaient plus assez propres – C'est quoi cette porcherie, monsieur Lhermine ? – et qu'elle le remettait à sa serpillière ; il tardait trop à distribuer le courrier – Il y a des gens qui travaillent, ici, vous avez tendance à l'oublier ces temps derniers ! La cloche avait sonné avec une minute de retard, et toutes sortes de vexations de la même eau… On voyait bien, s'exclamait-elle, que le gardien s'était mis en roue libre ! Aucune reconnaissance, aucun respect du travail… Après moi le déluge, n'est-ce pas ? Eh bien, foi de Chubileau, ça ne se passerait pas de cette façon, elle se chargeait de le lui faire comprendre, et vite ! Elle ne dut pas ménager sa peine, puisque le père Metz le convoqua bientôt pour lui présenter son remplaçant. Bastien était censé l'assister jusqu'à son départ de façon à éviter tout ralentissement du service. Sa position empira d'abord puis, de façon paradoxale, s'améliora : plus il déléguait de tâches au nouveau venu, plus il se vidait de sa substance professionnelle, si bien qu'il eut un jour le sentiment très clair, mais en fin de compte plutôt agréable, d'être devenu parfaitement invisible.

Deux jours avant les vacances de Noël, il testa cette nouvelle disposition et s'éclipsa au beau milieu de l'après-midi. Il avait décidé de marcher jusqu'à la place Carnot et de s'asseoir sur un banc, près de l'aire de jeux où il savait, pour les avoir aperçus plusieurs fois, que Rose et son fils avaient leurs habitudes. Rue Victor-Hugo, ses pas le conduisirent vers un aveugle assis sur un minuscule pliant. Maigre à faire peur, coiffé d'un béret enfoncé jusqu'aux oreilles et vêtu d'un manteau noir beaucoup trop grand pour lui, cet homme sans âge ânonnait les *Roses blanches* d'une manière pitoyable. Entre ses mains gantées de mitaines dépareillées, un morceau de carton disait : on m'a voler mon accordéon. Une façon effroyable, songea Bastien, de proclamer qu'on lui avait volé sa vie.

Il laissa une pièce de monnaie dans le gobelet que l'aveugle serrait entre ses genoux et continua jusqu'au parc. Sous le ciel blanc, entre les branches des marronniers effeuillés, l'imposante statue de la République – une Cérès de bronze qui aurait pu orner quelque forum antique – semblait se hausser du col pour entrevoir la gare de Perrache. Pas un enfant sur l'aire de jeux ; il était beaucoup trop tôt pour la promenade de petit Paul. Pressant le pas, le gardien rentra chez lui.

Apposée sur le mur du 6, rue d'Auvergne, à gauche du portail d'entrée, une petite plaque rappelait que Baudelaire avait vécu dans cet immeuble de 1832 à 1836. Curieusement, elle passait inaperçue auprès des locataires, mais Bastien se demandait souvent à quel étage avait bien pu habiter le jeune garçon. Le lieutenant-colonel Aupick venait d'être nommé chef d'état-major de la 7e division militaire, il devait donc bénéficier d'un logement digne de ses fonctions : à coup sûr l'un des grands appartements situés entre le deuxième et le quatrième étage, à l'époque où ils n'avaient pas encore été restructurés. Charles était en sixième à son arrivée à Lyon, et quand bien même son lugubre beau-père avait insisté pour le mettre en pension, il revenait coucher de temps à autre dans cet immeuble. Pourquoi pas dans la chambre de Paul, avec ses tommettes sang de bœuf et sa petite cheminée de marbre noir, si répugnante de solitude...

À peine arrivé, Bastien jeta un coup d'œil par sa fenêtre sur la cour de l'école maternelle de la rue Jarente, celle où Rose laissait son fils tous les matins. C'était l'heure de la récréation, et il chercha petit Paul du regard. L'enfant était sur un banc, à sa place accoutumée, entre deux institutrices qui discutaient sans se préoccuper de lui. Il ne jouait presque jamais. Ce n'était pas faute d'en manifester le désir, mais chaque fois qu'il parvenait à se saisir d'un tricycle ou d'un ballon, il y avait toujours deux ou trois mioches pour lui foncer dessus et s'en emparer par la force. Coups de pied, bourrades qui le jetaient à terre, toutes ses tentatives se terminaient systématiquement de la même façon. Paul se réfugiait dans les jupes de sa maîtresse et passait le reste de la récréation à renifler en observant ses genoux écorchés... Bastien avait été le même genre d'enfant, calme, réfléchi, juste assez en avance sur ses camarades pour attiser spontanément leur animosité. Malheur aux faibles ou aux rêveurs ! Mort aux poètes ! La guerre, la vraie guerre commençait là, dès le jardin d'enfants.

C'est sur ces considérations qu'il fit le choix de ne pas se rendre à la maison de retraite qu'on lui destinait. Aux premières neiges, il partirait à pied vers le massif du Pilat, le froid se chargerait du reste.

L'esprit au clair sur ce point, Bastien versa du sable bleu à l'intérieur d'un chapku et le plaça dans la paume de sa main gauche. Il prit un autre cône de métal dans sa main droite puis se courba lentement sur son mandala. Frotté avec délicatesse sur la partie crénelée du cône rempli de couleur, le chapku vide permettait de contrôler grain par grain l'écoulement du sable. Ce mouvement répétitif s'accompagnait d'une stridulation d'insecte dont Bastien avait pu vérifier maintes fois le pouvoir hypnotique. Concentré sur les derniers centimètres carrés de son œuvre, il se laissa glisser dans un état de conscience proche du rêve. Chacune des teintes du mandala vibrait pour lui d'une manière différente, libérant des harmoniques qui se recomposaient à leur tour en mille et une variantes évocatrices. Vajra, le lapis-lazuli ; jaune-orangé, Vishvamata ; noir, le courroux de Kalachakra, rouge son exaltation, jaune, son visage pacifié, blanc, son sourire comblé. Jaune-bleu, rouge-vert, orangé-violet, toutes les nuances déclinées par le mandala faisaient naître une déité particulière, le nom d'un bodhisattva – l'un de ces êtres exemplaires qui avaient retardé leur propre accomplissement par miséricorde envers les autres –, une partie du corps ou de notre réseau sanguin, un astre, une constellation, une infinité de mondes entre le blanc et le noir, ces couleurs extrêmes de la vie et de la mort. Bastien s'était mis à prononcer d'une voix grave les syllabes-graines parsemant les couloirs innombrables du mandala. Akshobya, Amitabha, Amoghasiddhi, Ratnasambhava, Vairocana... il évoqua ainsi les sept cent vingt-deux déités présentes dans le palais de Kalachakra, et la structure plane de l'édifice se transforma insensiblement : chacun de ses traits devint lumineux, puis leur assemblage s'éleva au-dessus de la table en une sorte d'hologramme fluorescent. Bastien était rompu à cette fantasmagorie. Il redoubla de concentration jusqu'à la faire disparaître et à se retrouver en paix dans le moment présent. Son mandala de sable était achevé.

Cette longue pratique, il le savait mieux que personne, n'était qu'une aide à la méditation. Il n'y avait rien d'autre à en attendre, sinon peut-être une infime progression sur la voie de l'Éveil. Rien de magique dans tout cela, rien de définitif. Qu'il soit réel ou mental, édifié avec des pierres précieuses réduites en poudre – comme cela se pratiquait dans le Tibet du Xe siècle – ou visualisé au prix d'un formidable effort spirituel, le mandala de Kalachakra n'était qu'un théâtre de mémoire. On pouvait en extraire la totalité des connaissances requises pour échapper à la roue du temps et rejoindre en une seule vie le royaume mythique de Shambhala, mais c'était surtout un miroir, une impitoyable psyché qui reflétait nos propres errements sur la voie de la transformation. Toute cette imagerie symbolique, Bastien la voyait souvent comme un jeu de l'oie aux divisions grimaçantes, une spirale infinie reliant de façon indestructible passé, présent et futur, mais sur laquelle deux coups de dés sur trois renvoyaient invariablement à la case départ.

Épuisé, il s'allongea sur sa natte et s'endormit tandis que les premiers réverbères s'allumaient timidement sur la ville. La sensation physique sur son corps d'une pluie de clous et de morceaux de viande crue l'éveilla en sueur vers minuit.

8

L'avion s'insinue entre les montagnes. On jurerait qu'il frôle les pentes enneigées avant de virer sur l'aile et de descendre vers Gonggar. Lorsqu'il s'immobilise en bout de piste, un premier rayon de soleil embrase sa carlingue couleur de mercure.

Il fait très froid. Tout en marchant sur le tarmac, Rose se retourne pour contempler l'appareil : un jouet de l'Aéropostale, ridiculement fragile, que l'alchimie des hauteurs transforme en boule incandescente.

Bastien avance sans un regard derrière lui, tendu vers les bâtiments de l'aéroport. Il n'a pas desserré les dents durant le trajet, au point que Rose s'est demandé si elle n'avait pas fait une erreur en lui offrant ce voyage. Mais non. Il est seulement impressionné, c'est la première fois qu'il prend l'avion, la première fois qu'il survole les nuages. Elle a bien vu ses pupilles lorsque l'avion a émergé dans l'éther ; n'a-t-elle pas songé elle-même à cette gravure ancienne où l'on voit un astronome passer la tête hors du cercle sublunaire ? Bastien va réaliser le rêve de toute une vie. C'est normal qu'il ne parle pas, qu'il se concentre sur chacun de ces instants.

Un minibus déglingué les emmène jusqu'à Lhassa. Le temps de parcourir les quatre-vingt-quinze kilomètres qui séparent l'aéroport de la ville, la température se réchauffe peu à peu. Lorsqu'ils se retrouvent sur le trottoir de Dekyi Shar Lam, il est dix heures du matin, l'air est presque tiède sur leurs joues. Mais c'est d'abord la lumière qui les bouleverse. Elle les prend à la gorge, les suffoque au moins autant que le manque d'oxygène à cette altitude. La sensation de se trouver au-dessus du monde, dans la rigueur d'un espace réduit à ses lignes de perspective. Rose se souvient de la côte varoise, en hiver, par jour de mistral, lorsque vent et soleil se conjuguent pour donner au papier froissé des caps un relief qui les rapproche, semble les mettre à portée de main. Le triomphe du jour est ici incomparable, il tient de l'épiphanie ou du moins de ce qu'on suppose d'ahurissement chez un aveugle de naissance qui retrouverait la vue. Ils croisent des Chinois vêtus de costumes à col Mao, des petits groupes de Tibétains en vadrouille, des moines en habit rouge, mais ce n'est qu'un rayonnement indécis qui bombarde d'un flux multicolore leurs yeux plissés par la réverbération.

Bastien avance d'un bon pas malgré le poids de son bagage. Rose l'a soulevé, par curiosité ; Dieu sait ce qu'il a emporté pour que le sac soit aussi lourd ! Elle le suit de plus en plus difficilement, tandis qu'il se dirige de rue en rue comme s'il habitait Lhassa depuis quinze ans. La poitrine compressée, elle halète, manque d'air, s'arrête pour essayer de reprendre son souffle. Il s'en aperçoit et revient sur ses pas pour l'aider.

Elle ne se souvient pas d'être arrivée à l'hôtel, pourtant assez proche de l'endroit où le bus les a déposés. Lorsqu'elle ouvre les yeux, sur le petit lit d'un dortoir qui en comporte quatre, Bastien est assis auprès d'elle sur une chaise inconfortable. Il a les yeux dans le vague et ne réalise pas qu'elle s'est réveillée. Elle a presque trop chaud, alors que le vieil homme est toujours vêtu de son manteau ; cette capote militaire lui donne l'air emprunté d'un berger de la Bekaa. En levant le nez, elle devine qu'il doit faire très froid ; Bastien l'a recouverte de toutes les couettes disponibles. Machinalement, elle vérifie qu'il ne l'a pas déshabillée avant de l'installer dans son lit.

— Il est tard ? demande-t-elle en regardant sa montre.

— Aucune idée, mais vous avez dormi profondément...

— Oh, là, là, déjà quatre heures !

— Comment vous sentez-vous ?

— Bien. Enfin, mieux que ce matin, en tout cas. J'ai vraiment cru que j'allais mourir asphyxiée...

— Le mal des montagnes... Il faut deux à trois jours pour s'adapter.

— Et vous, ça ne vous fait rien ?

Bastien hausse les épaules, juste assez pour manifester que tout cela lui est indifférent. On pourrait croire qu'il se force pour répondre.

— Moi, vous savez... J'ai l'habitude.

— Ah, bon ? Parce que vous faites souvent des sommets de trois mille sept cents mètres, vous… Le week-end, dans les monts d'Or, ça ne doit pas être facile !

Elle regrette immédiatement cette ironie un rien mordante, mais Bastien ne semble pas l'avoir perçue.

— Je me suis mal exprimé. Disons que j'ai vécu des situations bien pires que le mal des montagnes. Mon corps s'en souvient, j'imagine… Il s'est endurci. Et puis il y a le tai-chi, le yoga, toutes ces techniques doivent aider… Vous n'avez jamais essayé ?

— Vous m'apprendriez ?

— Nous verrons… Pour l'instant, il faut vous trouver quelque chose à manger.

— Je n'ai pas faim. Si vous voulez, on peut essayer de monter au Potala, on a encore le temps, non ?

— Demain, quand vous serez à nouveau d'aplomb. Et puis ce sera encore plus beau dans la lumière du matin…

Il sourit, comme pour s'excuser de mentir un peu ; sa seule présence estompe la médiocrité de la pièce : des murs nus, un lavabo à demi caché par une tenture plastifiée, du carrelage en granito pisseux… Une ampoule solitaire pendouille du plafond.

Les voici à nouveau dehors. Bastien marche lentement vers le Jokhang en expliquant à Rose l'histoire du sanctuaire. La « Demeure du Très-Précieux » date du VIIe siècle et sert d'écrin à une statue antique de Shakyamuni, le Jowo. C'est le véritable centre de Lhassa, son foyer spirituel. La légende raconte qu'une démone s'apprêtait à ravager la ville ; pour y parvenir, elle s'était coulée dans le paysage environnant jusqu'à se confondre avec lui. Une princesse découvrit en songe ce stratagème mimétique ; à son réveil, elle identifia le cœur de la démone sous la forme d'un lac aux reflets rouges. On s'empressa de le combler pour vider la créature de son sang, puis de construire le temple par-dessus. Ainsi clouée, la démone devint à jamais inoffensive.

— C'est presque une histoire de vampire, dit Rose en prenant le bras de Bastien.

Le vieil homme ne répond pas, la masse du Jokhang vient de surgir au détour d'une ruelle. Dans l'alternance des crépis blanc et ocre rouge, deux moines déploient sur la façade une immense bannière ornée de poissons, d'ombrelles, de nœuds sans fin ; le vent s'y engouffre, la soulève comme une jupe bariolée. Aux angles des toitures dorées, toute une dinanderie d'oiseaux, de biches, de roues et de tourelles flamboie sous les rayons obliques du soleil. Une page d'enluminure qu'estompe la fumée des deux énormes fours où brûlent des rameaux de genévrier. Sur le Barkhor, la voie circulaire qui entoure le temple, une foule d'hominiens semble en route vers sa dernière migration. Il y a bien quelques zazous chinois, casquette de travers, dont l'habit indigo détonne avec le reste, mais surtout des Tibétains descendus des montagnes. Rose écarquille les yeux ; elle discerne ce qu'un surcroît de lumière lui a caché jusqu'à présent. Des Khampas vêtus de peau de mouton retournée, l'épaule droite découverte, avancent fièrement dans la foule. Mêlées à leurs longs cheveux ramassés en chignon, des torsades de fils rouge pendent sur le côté. Nodules de corail et de turquoise aux oreilles, on dirait ces clochards célestes grimés d'une crasse fossile que la blancheur des dents éclaire. Les femmes ont le teint cuivré des squaws, elles en ont également les nattes où s'enfilent parfois des kilos de grosses perles rouges et bleues. Elles se poussent en riant, tirent la langue, chahutent entre elles ou avec les hommes. Des sortes d'adultes morveux et rétrécis courent entre leurs jupes. Les Menpus portent des houppelandes en tissu de laine rouge foncé qui laissent voir leurs bottes joliment brodées. Sur les robes, des tabliers striés de bandes colorées font songer aux harmonies du *Blaue Reiter* : Paul Klee s'y mêle sans se confondre à Macke ou Kandisky. Ceux de Lhassa sont habillés à l'occidentale, blousons de cuir, manteaux, parkas hétéroclites que viennent rehausser les mêmes colliers de pierres semi-précieuses, d'étranges chapeaux de feutre, des képis ornés de brocard avec visière de fourrure, des chapkas, des Lei Fang aux oreilles battantes. Ils font tourner de petits moulins à prière, égrènent des chapelets. Certains, hommes ou femmes qui accomplissent un vœu, n'avancent que d'un pas, s'agenouillent aussitôt, glissent à plat ventre sur le sol – ils ont des planchettes ou de simples cartons pour ne pas s'abîmer les mains – puis se relèvent dans le même mouvement, font un nouveau pas et recommencent. Leur prosternation ménage des îlots de vide au milieu de la foule. Boudinée dans sa jaquette en similicuir, une Chinoise bâille de mépris en les regardant.

9

Les premières lueurs du jour sortirent Bastien du sommeil. Il lui fallut quelques minutes avant de s'extraire du lit. À son âge, le corps est comme une goélette du vieux temps, les membrures émettent des craquements sinistres, les bordés disjoints souffrent sous la vague, on jurerait que chaque nouvelle risée va la démantibuler. Mais il n'y a rien à faire. Changer une pièce ou une autre suffit tout juste à maintenir la carcasse à flot. Elle est vieille, voilà tout. Alors il s'asperge le visage d'eau glacée, se recoiffe et s'astreint à sa gymnastique quotidienne.

Debout entre les lits du dortoir, il lève les bras au-dessus de sa tête, puis les ramène vers les hanches en décrivant un large cercle. Ayant ainsi divisé l'espace, il commence à s'y déplacer, danse à mesure, fait corps avec lui dans l'interstice des choses.

Le premier regard de Rose, à l'instant où elle s'éveille, s'inscrit dans cette chorégraphie presque immobile. Les paupières à demi closes, feignant de dormir encore, elle observe longuement la silhouette qui se déplace en contre-jour devant la fenêtre et d'où rayonne, dans un camaïeu de gris, le reste de la chambre. Cet homme est un mystère. Aussi impénétrable qu'un orang-outang. Elle songe à celui qui avait effrayé petit Paul au zoo de Beauval ; un être enfermé derrière son masque de poils et de muqueuses, une monade dont les yeux seuls beuglaient l'humanité. De toutes ses forces, elle avait répondu à ce regard d'emmuré, résistant à son fils qui lui tiraillait la manche pour échapper à sa violence.

— Bien dormi ? dit Bastien en terminant son enchaînement face à la fenêtre.

— Comme une souche… Et vous ?

— Juste un cauchemar au petit matin…

— Vous vous en souvenez ?

— Pas grand-chose, je chevauchais un tigre dans la montagne.

— C'est plutôt un joli rêve, je dirais…

— Ça dépend.

— Bon, je me débarbouille, et on y va ?

Le froid les avait contraints à se coucher tout habillés ; à peine a-t-elle soulevé sa couette qu'elle se sent à nouveau frigorifiée.

— Brrr ! fit-elle en se dépêchant d'enfiler ses chaussures, je vais attraper la mort dans ce pays !

— Deux secondes, j'allume le réchaud…

Bastien monte sur une chaise pour brancher la prise du Dianlu sur la douille du plafond. Il prend un livre dans son bagage et s'assoit sur son lit.

Trousse de toilette en main, Rose se plante devant le lavabo. Elle tire le rideau de douche qui coulisse sur un fil, tendu à hauteur d'épaule, d'un mur à l'autre de la pièce.

— Qu'est-ce que vous lisez ?

— Le *Bardo Thödröl chenmo.*

— Le quoi ?

— *La Grande Libération par l'écoute*... C'est le vrai titre du *Livre des morts tibétain.*

— Là, d'accord, je vois ce que c'est ; mais je n'ai jamais réussi à dépasser la première page... Pas très gai, ou je me trompe ?

— Ni gai ni triste. Juste un beau texte ; un rituel de deuil qui décrit les états intermédiaires au moment de la mort.

— Vous ne lisez jamais de roman ?

— Jamais.

— Ok, je ne vous dérange plus. Bonne lecture...

Rose fait couler les deux robinets pour constater qu'il n'y a pas plus d'eau chaude dans les tuyaux qu'hier au soir. Tournant le dos à Bastien, elle remonte pull et chemisier jusqu'au cou, défait son soutien-gorge et entreprend de se laver les dessous de bras. Tremblant de froid, elle baisse jeans et culotte pour compléter ses ablutions. Un coup d'œil dans son dos, sans penser à mal : Bastien a cessé de lire, mais ne la regarde pas. Les yeux fixés dans le vide, droit devant lui, il semble perdu dans ses pensées. Rose ne peut s'empêcher d'en être légèrement vexée.

Lorsqu'elle fut prête, ils grignotèrent quelques gâteaux secs près du réchaud, puis s'habillèrent pour sortir.

C'était une chose d'admirer le Potala de loin, perché comme un modèle réduit sur sa colline, une autre de se retrouver dominé par sa masse ; au pied du palais, il fallait cambrer les reins pour distinguer un bout de ciel au-dessus des toits. Bâti dans un mélange de pierres, de bois et de mortier, le Potala superposait, loin devant, ses treize étages étalés en terrasses. Avec ses rampes d'accès latérales bordées de murets, ses façades chaulées aveuglantes, ses galeries supérieures ornées de colonnes en bois rouge, ses alignements de petites fenêtres brunes, ses toitures dorées où pointaient, comme autant de cheminées, de hauts cylindres noirs, il ressemblait, dans son allure de paquebot, à une montagne en partance.

— On dirait une super tranche d'arlequin, dit Rose, les yeux brillants. Un arlequin de chez Pignol : mousse au chocolat et sorbet de mangue sur lit de meringue... C'est à se damner !

Bastien avait esquissé quelque chose comme un sourire et s'était mis à gravir les premières marches. Elle le suivit, mais après une cinquantaine de gradins, s'arrêta au premier palier, certaine qu'elle ne pourrait monter plus haut. Il attendit patiemment qu'elle reprenne son souffle en détaillant ce qu'ils voyaient de la façade. Là, juste en haut de la « meringue », c'était le palais rouge, la partie religieuse de l'édifice, avec les mausolées des lamas, les chapelles, la bibliothèque et plusieurs milliers de statues ou d'autels votifs. Le palais blanc, à droite, abritait la section officielle et les appartements du Dalaï-lama. Quant au bâtiment ocre jaune – la « couche de mangue » – il hébergeait les chapelles de Maïtreya et de Kalachakra. Sous cet angle, on voyait parfaitement l'inclinaison des murs ; un fruit de dix degrés destiné à accroître la résistance des bâtiments aux tremblements de terre.

Deux ou trois couples de Tibétains, quelques enfants les dépassèrent.

Ils reprirent l'interminable montée des marches, avec en vue, cette fois, le rectangle rouge sang de la porte orientale. Malgré l'attention qu'il lui portait, Bastien accélérait insensiblement le pas, si bien que Rose dut à nouveau s'asseoir en arrivant, prise de migraine, à la limite de la nausée. Il pénétra dans le vestibule, sans s'apercevoir qu'il la laissait derrière lui.

Un jeune homme vint s'installer à côté d'elle.

— Bienvenue au Tibet ! Toi très courageuse, mais toi pas connaître dangers montagne... Il fourragea dans sa poche et sortit une boîte de médicaments : Tiens, avale ça, tu iras tout de suite mieux après.

— Qu'est-ce que c'est ?

— Diamox, ça améliore la ventilation... Deux comprimés.

— Merci, dit Rose en ingurgitant son remède, je ne sais pas comment j'ai fait pour arriver jusque-là...

— Le pire, c'est que vous êtes montés pour rien : le palais est fermé.

— Oui, dit Bastien en revenant s'asseoir à côté d'eux. Je viens de parler à un moine, on ne peut voir que la cour d'entrée...

— C'est rageant, hein ? Au fait, bonjour. Je m'appelle Thomas. Thomas Wok.

— Tomahawk ?

— Je plaisante... Thomas Cortèz, mais Tom, ça suffira.

— Rose Sévère, Bastien Lhermine. C'est à cause de la fête du nouvel an, personne n'a été capable de me dire quand ils ouvriront.

— Ça fait presque une semaine que je monte tous les jours, dit Tom. Je crois bien que je vais partir sans l'avoir visité... La ville est verrouillée, il n'y a plus moyen de sortir de Lhassa par la route, mais j'ai un plan pour aller au monastère de Gyantsé.

— Ouf, ça va mieux, dit Rose. Ils sont géniaux, vos comprimés ! Vous croyez que je peux en trouver ?

— Ça m'étonnerait. À l'hôpital, peut-être. Tiens, prends la boîte, j'en ai d'autres à l'hôtel.

— Vous êtes sûr ?

— Mais oui, puisque je te le dis... C'est ton père ?

— Non, dit Rose en souriant. On voyage ensemble, c'est tout.

Le jeune homme parut satisfait de la réponse. Il devait avoir tout au plus une trentaine d'années. Plutôt mignon avec ses bouclettes et sa barbe de trois jours. Blouson de cuir gris, pull à torsades, grosse écharpe de laine écrue... pas un routard, en tout cas. Ni un simple touriste, malgré son appareil photo en bandoulière.

— Faut quand même voir les fresques du vestibule avant de redescendre. Peintes et repeintes, mais bon, c'est partout comme ça.

— Vous venez, Bastien ? dit-elle en se redressant.

— Je vous attends ici. Et, fixant le sol : Prêtez attention aux quatre gardiens des points cardinaux, chacun avec sa couleur et son arme favorite. C'est Dhritarashtra mon préféré, le gardien de l'Est, celui qui protège le monde avec une guitare.

Prenant sa respiration, et comme si cette phrase lui coûtait, il ajouta :

— Il y a aussi une scène avec la construction du collège de médecine sur la colline de Chakpori...

— Eh ben, il en connaît un rayon, le vieux ! dit Tom, une fois qu'ils se furent éloignés.

Rose se contenta d'opiner du chef, un peu agacée par l'attitude de Bastien.

Les fresques étaient effectivement trop ripolinées à son goût – du bleu roi, du vert amande, du jaune pâle, toute une série de monstres hideux nimbés de flammes – mais elle chercha les armes des trois autres gardiens. Cela devint une sorte de jeu avec Tom, si bien qu'ils finirent par repérer le stûpa, l'épée et la bannière.

Ils revinrent devant l'entrée ; Bastien était toujours à la même place, l'air morose. Ils s'avançaient vers lui, lorsqu'un Tibétain accompagné de son enfant s'adressa à Tom, tirant la langue et montrant son appareil photo. Le jeune homme essaya de lui répondre en chinois, sans trop savoir ce que lui voulait ce chef comanche.

— Il voudrait une photo avec vous, traduisit Bastien. Il dit qu'il serait très honoré...

— Je m'en charge, dit Rose aussitôt. Allez-y...

Tom lui montra comment faire la mise au point, avant de prendre la pause entre ce beau gaillard et son garçon dépenaillé. Un Khampa aux longs cheveux tressés, tout juste sorti de ses montagnes, l'air dégagé dans sa pelisse patinée de graisse. Les vêtements du gosse étaient aussi lamentables. Père et fils avaient les mains noires et comme des traces de suie sur le visage. À côté d'eux, devant son pilier laqué de rouge, Tom semblait un aimable cochon propre dessiné par Walt Disney. Quand Rose se mit en position, d'autres enfants surgirent qui vinrent s'agglutiner pour essayer à leur tour d'exister sur la photo. Mains jointes, le Tibétain remercia ensuite en s'inclinant, puis se détourna sans chercher à prolonger la rencontre.

Ils redescendirent ensemble. À mi-chemin de l'escalier, Tom prit Rose par la taille et l'orienta délicatement face au Potala. Sans rien dire, il tendit le doigt vers le sommet de l'édifice. Rose scruta en vain les toitures, essayant de voir autre chose que ce qu'elle voyait, puis elle comprit : là-bas, au milieu des ors et du ciel bleu-noir, flottait un drapeau rouge. Malgré la distance, on distinguait sans peine les cinq étoiles de la République populaire de Chine.

10

Pas mal, pas mal du tout le coup du drapeau rouge… Tu as raison, c'est Tom qui m'a ouvert les yeux sur la présence chinoise à Lhassa. Entre parenthèses, je trouve un peu étrange le nom que tu lui as donné ; il faudra que tu m'expliques, d'accord ? Ensuite j'en ai vu partout, de ces drapeaux ; sur les temples et les bâtiments publics, bien sûr, mais aussi dans les rues ou sur les moindres masures des faubourgs. Ça m'a rappelé l'année où tu apprenais à lire : lorsque tu as pigé la chose, vers Noël, tu t'es mis à prononcer tous les mots que tu voyais, tous, sans exception ; ceux du paquet de céréales, de la bouteille de lait, des appareils électroménagers, des devantures… Jusqu'aux marques des plaques d'égout ! L'univers faisait sens tout à coup, c'était comme si tu avais changé de monde. Je n'oublierai jamais avec quelle gourmandise tu prononçais « inox » ou « Pontamousson » avant de plonger dans des abîmes de perplexité. Débarquer au Tibet en 1986, autant dire pour moi sur la planète Mars, avait été un sacré choc. Apprendre à lire ce que j'y voyais, alors même que je n'avais pas commencé à assimiler ce premier niveau de réalité, fut un véritable traumatisme. Ajoute à cela mon piteux état physique, et tu comprendras à quel point j'étais désarçonnée.

Je suis partie là-bas sur un coup de tête, tu sais... Moins par la faute d'Alexandra David-Néel et de notre visite à Digne, l'été précédent, que pour essayer d'échapper à mes angoisses. Offrir à Bastien le voyage dont il avait rêvé toute sa vie peut te paraître généreux, mais c'était un écran de fumée, une manière de me rattraper aux branches. Ça s'est fait en deux semaines : j'ai pris les billets d'avion, dépensé une petite fortune pour obtenir des visas en urgence – je te passe les détails de la galère pour lui établir un passeport... – et je suis partie en te laissant chez ta tante, à Aimargues. Je n'avais même pas emporté une trousse à pharmacie, c'est dire ! Quant à acheter un guide du Tibet, je n'y ai pas songé une seconde : j'avais le meilleur sous la main, c'est ainsi que j'ai présenté les choses à Bastien pour le convaincre de m'accompagner, un « audioguide » vivant dont tu parviens assez bien à retranscrire la bizarrerie. Il a accepté mon invitation comme nous devrions recevoir toute faveur, simplement, sans aucune émotion apparente. Tu m'offres quelque chose, je le prends, c'est d'abord à toi que cela fait plaisir. Il y a des cultures où la politesse commande de ne pas ouvrir un présent devant celui qui vous en gratifie. Bastien n'a pas cillé, c'est à peine s'il m'a dit merci. Je suis certaine qu'il n'a jamais exulté, même une fois seul. Il était prêt à tout en permanence, à la mort comme à l'offrande.

J'avais affaire à une sorte d'extraterrestre, aussi insondable, aussi troublant que le

Tibétain sur la photo. De retour dans la vieille ville, nous sommes convenus avec Tom de retourner au Jokhang après déjeuner. Bastien désirait marcher encore un peu. J'avais besoin de me reposer, j'ai choisi de rentrer seule à l'hôtel. Dans la chambre, je me suis affalée sur son lit, pour jeter un coup d'œil au livre qui traînait sur la couette. Le volume s'est ouvert à une page cornée, au chapitre des présages. Un paragraphe y était souligné : « Les rêves du soir tard et de minuit ne sont pas déterminants, mais s'ils surviennent entre le point du jour et l'aurore, et que l'on rêve de chevaucher un tigre, une renarde ou un cadavre, c'est un signe de mort. »

Assise à sa place, exactement comme il l'était lui-même ce matin-là, je me suis aperçue que la vitre de la fenêtre faisait miroir et qu'on y voyait parfaitement tout ce que le rideau de douche était censé cacher. Je ne dis pas que Bastien ait cherché à se payer un jeton, mais il m'a vue, ou était du moins en condition de le faire. Pour être franche, cela m'aurait flattée plus qu'autre chose, même si je me souviens plus d'un vieil homme en proie à ses fantasmes bouddhistes, que d'un type en train de mater une femme à sa toilette. N'empêche qu'il ne s'est pas détourné, et que ce manque de tact – présent dans les deux cas – a contribué au désordre de mon esprit.

Dieu sait pourquoi je te raconte ça… Pour te faire toucher du doigt la complexité du personnage, peut-être ; surtout, je crois, parce que ta façon bienveillante de simplifier les choses m'aide à m'en souvenir.

11

Ils déambulent sur les toits du Jokhang. Bastien explique à Rose le symbolisme des sculptures dont la chaudronnerie étincelle où que le regard porte. Tom se fait prendre en photo devant une tête de mort dorée, étrangement sertie dans la chaux brune d'un badigeon. Avec Rose, il s'amuse à faire tourner à toute vitesse les grands moulins à prière en cuivre repoussé ; tous deux rient, s'accoudent épaule contre épaule sur les garde-corps pour admirer le Potala. Sous la paupière de bois sombre des galeries, ils sont la pupille d'un œil mi-clos sur la dilatation du ciel.

Redescendant, la foule les happe ; celle de pèlerins massée dans la grande cour intérieure du sanctuaire. Tous ces gens attendent pour se présenter devant un lama à bonnet jaune qui siège, à distance au-dessus des têtes, sous un portique tendu de soie brodée. Il tient un objet dans la main droite, une sorte de gourdin emmailloté d'étoffe dont il se sert pour asséner un léger coup sur la nuque de ceux qui se courbent devant lui. Bastien explique qu'il s'agit d'un bodhisattva, un Bouddha vivant dont la bénédiction équivaut à nos indulgences chrétiennes et fait l'économie de quelques réincarnations malencontreuses. Tom voudrait bien essayer, histoire d'éviter la renaissance en blatte orientale qui semble promise, affirme-t-il, à ses excès. Rose rechigne, un peu effrayée par la masse des bergers trapus, emmitouflés dans leurs peaux de bêtes, mais Bastien entraîne le jeune homme dans la queue. Lorsque les Tibétains voient qu'ils ont affaire à des étrangers, ils s'effacent aimablement pour les laisser passer. En quelques minutes, ils arrivent devant le bonnet jaune. L'idole leur sourit, comme à tous les autres. Son visage a l'onction de cire d'une sérénité non feinte ; l'homme est ailleurs, dans un monde où la souffrance n'est pour jamais qu'un mot sans contenu. En s'approchant, Tom distingue mieux le sceptre du lama ; c'est un fémur humain où quelques lambeaux de viande séchée adhèrent encore. Il s'incline devant le trône et reçoit illico le coup de massue rédempteur. Bastien fait de même, avant de s'extraire de la foule.

Rose les a observés de loin. Elle a même pris quelques photos avec l'appareil de Tom.

— Je ne sais pas avec quoi il vous a assommés, mais ça n'a pas l'air très ragoûtant…

— Un reste de gigot, dit Tom. Il en donne un bon coup quand même, ce n'est pas du chiqué !

— C'est une aide à la délivrance, dit Bastien avec sérieux. Ça ne peut pas nous faire de mal.

Ils se mêlent au grouillement qui tourne sans fin sur le Barkhor, puis s'en échappent pour flâner dans les venelles du marché. Les étals regorgent d'outres de beurre, de barates effilées comme des carquois, de quartiers de viande posés à terre sur des cartons gorgés de sang ; peaux de mouton, cuirs de yack, briques de thé séché débordent des sacs en jute. Dans les odeurs de tourbe et de beurre rance, un arracheur de dents chinois exerce son métier sur un apache, torsade amarante dans les cheveux, qui repousse la fraise pour mieux tirer sur son mégot. La tête enfouie dans une toque de fourrure géante, à croire qu'il a trois renards vivants entortillés sur le crâne, un Tibétain parcheminé vend sa camelote de faux jade. Ici, des petites pommes enrobées de caramel rouge, là des colliers de fromage en rondelles, dures comme de la pierre. Les sourds mugissements d'un groupe de moines avec cloches et tambourins à boules fouettantes dominent cette cohue.

Plusieurs fois, Tom s'est fait mettre la main aux fesses par de belles Tibétaines, sous le regard amusé des mâles qui les suivent.

— Vous n'avez pas envie d'essayer ? demande Rose. Je suis sûre que vous les embarquez comme vous voulez...

— Trop peur de les décevoir, répond Tom, cabot mais sincère. Tu as vu ce qu'elles ont comme bonshommes ? Je ne fais pas le poids...

Il les emmène ensuite dans une ruelle où l'on peut manger des petites brochettes de viande. Rose en a tellement assez de se nourrir de biscuits qu'elle se laisse convaincre, malgré l'absence d'hygiène manifeste.

C'est le ventre plein qu'ils débouchent dans la cour d'un caravansérail.

Bâtés de vieilles couvertures et de balluchons, trois yacks chevelus tirent placidement sur leur longe. Les galeries de bois ont perdu leur revêtement de peinture, bouses et foin humide jonchent la terre battue. L'endroit a l'air abandonné, malgré un groupe de montagnards assis sur le plancher d'une loggia. Avec leurs manteaux gras, leurs cheveux emmêlés, piquetés de paille, ils sont couleur de boue, se fondent dans la dominante argileuse des lieux. Une vieille femme a un sein à l'air, tout marron, bombé mais de traviole ; son nourrisson mâche un bout de viande, debout à côté d'elle. Rose prend conscience qu'elles ont sans doute le même âge, dèche et bouche édentée en moins. Des hommes sont accroupis, bonnets à poil sur la tête ; en apercevant les étrangers, il les invitent à venir s'asseoir à côté d'eux. Un vieillard pistonne une barate avant de leur servir un verre de thé au beurre et un bol de tsampa. On leur montre comment faire une boulette avec la farine d'orge grillée. Rose et Tom goûtent sans entrain, mais avec politesse. Tout en faisant honneur à la nourriture, Bastien converse avec leur hôte. Ceux-là viennent de Shigatzé. Le stock de beurre est vendu, mais les prix ont chuté, ils ne vont pas pouvoir acheter ce qu'ils avaient prévu de ramener chez eux. La faute aux Chinois. Non, il ne les aime pas ; personne ne les aime, à part ce traître de Panchen-lama. Aucun espoir de récupérer un jour le Tibet d'antan : avec cent quarante mille soldats chinois à Lhassa, ils sont plus nombreux dans la ville que les Tibétains eux-mêmes ! Impossible de les chasser. Ils nous ont mangés, répète le vieillard en fourrageant de sa langue une dent creuse ; c'est fini, on a perdu.

12

Tu m'as trop fait rire avec tes « yaçks chevelus » ! Ça m'a rappelé les perruques en poils de yack de *L'École des femmes*... Essaye de voir quand même si tu ne peux pas améliorer la chose. Pour autant que je m'en souvienne, ces bêtes ressemblent plus à des mammouths qu'à des babas cool ; on devrait pouvoir sentir le suint, distinguer l'aspect filasse de la toison... À un moment donné, il faudra bien que tu franchisses le pas et que tu ailles voir tout cela par toi-même. Je peux t'avancer l'argent, si tu le désires.

C'est drôle comme les Tibétains adoptaient Bastien d'emblée. Pas un seul de ceux avec qui je l'ai vu parler ne lui a jamais demandé par quel miracle il savait leur langue. Seul comptait l'échange, son immédiateté. De son côté – contrairement à Tom, ou à moi, par contagion –, Bastien les considérait sans la moindre trace d'apitoiement. Il ne voyait en eux ni gueux ni victimes, les prenant sans détour pour ce qu'ils étaient, comme s'il les avait rencontrés rue de Jarente, à la boulangerie du coin.

Quand Tom a proposé de continuer notre promenade au-delà de la rivière, vers un petit temple « sympa », Bastien a voulu repasser par notre hôtel. Il en est ressorti avec un sac à dos que je ne lui connaissais pas ; un ancien modèle du Vieux Campeur, genre scout des années cinquante, dont le poids lui voûtait le dos.

— C'est quoi ? a dit Tom en plaisantant, des boîtes de conserve ?

— Une dernière chose à accomplir, a-t-il répondu. Vous verrez tout à l'heure.

Les habitations commençaient à se raréfier, lorsque la rivière Kyi-chu nous sauta au visage. La ville s'arrêtait net sur la rive nord d'un méandre. Un fleuve, plutôt qu'une rivière, dont les eaux aigue-marine, torrentueuses, crêtées d'écume ricochaient sur des bancs de gravier ou de petits écueils. Sur la rive sud, la montagne recommençait déjà, avec ses faux plis, ses culbutes, ses déhanchements. Aussi loin que portait le regard, il n'y avait qu'un pont, celui que nous avions devant les yeux. Un léger pont suspendu dont l'étroitesse ne permettait le passage que des piétons ou des bêtes ; on pouvait le fermer par deux portes métalliques cernées de jaune. Partout, sur toute la longueur des haubans, sur les pylônes de la rive ou les espèces d'ajoncs croissant par endroit au bord de l'eau, des ribambelles de prières multicolores crépitaient dans un bruit continu d'applaudissements. D'un fourneau rituel s'échappaient les fumerolles d'un brasier d'herbes odorantes.

— Je vais le faire ici, a marmonné Bastien en s'arrêtant au milieu du pont.

Coup de blues au souvenir de ta grand-mère, tu vois le topo... Mais il a sorti de son sac plusieurs sachets remplis de sable qu'il s'est mis à vider, dos au vent, dans la rivière.

— Un mandala n'est vraiment terminé qu'avec son offrande à la mer, vous savez... Après une cérémonie de dissolution, les moines du Tibet dispersent leur sable dans le Brahmapoutre, de façon à ce qu'il rejoigne ensuite le delta du Gange ; mais cette rivière conviendra tout aussi bien...

Tom s'est exclamé :

— Vous n'avez pas trimballé ce bac à sable depuis chez vous ?

— Mener à bien une résolution, ne serait-ce qu'une seule, c'est se rapprocher de l'état de grâce... Cela vous convient-il ?

J'ai fait signe à Tom de se taire, et nous avons regardé par-dessus la filière de sécurité.

Déversé aussi lentement que possible, le sable s'écoulait d'abord en un filet compact, avant de se disperser brusquement, comme aspiré par la transparence de l'air. Bastien relâchait son mandala, le rendait grain à grain au sablier du monde.

13

C'est un petit temple moderne, entouré de quelques taudis dispersés, drapeaux rouges plantés sur leur misère d'adobe sale. En voyant la mine des trois étrangers, le vieux gardien se hâte de leur servir un gobelet de *chang* d'une aiguière en plastique doré, puis il vaque à ses occupations, alimente un foyer avec des herbes sèches, arrange une écharpe votive sur un autel. La pièce est noircie de fumée, elle pue la crèche et le pétard.

— Ça sent le hasch, ou je rêve ? dit Tom, soudainement stimulé.

Il inspecte la meule, mâchouille une brindille. Non. C'est très proche, mais ce n'est pas du chanvre. Et cependant l'illusion olfactive est confondante…

— Vous pourriez lui demander s'il veut nous en vendre ?

Bastien pose la question sans rechigner. Le gardien ne voit pas pourquoi il demanderait de l'argent pour ce qui se trouve si aisément dans la montagne ; il en prend une brassée qu'il fourre d'office dans son sac à dos.

Il n'y a qu'une statue dans le sanctuaire. Une divinité grandeur nature montée sur un cheval de carrousel. On ne distingue du cavalier que son visage furibond, lèvres écarlates, yeux exorbités, moustaches à la Dalí, sous le frontal d'un casque orné de crânes humains ; le reste est caché par un amoncellement de fines étoles blanches et de bannières damassées. Un curieux mélange d'empereur byzantin et de marionnette sicilienne.

Rose s'attarde devant la table d'offrandes où s'empilent outres grasses, ballots de thé, colliers de graines, assiettes garnies de bonbons, d'oranges. Des sculptures sur beurre sont plantées dans les deux compartiments d'une jardinière en bois peint, remplis respectivement de grains d'orge et de farine ; d'étroites planchettes qui s'ornent de reliefs bariolés, fleurs, paysages peuplés d'oiseaux, scènes de la vie de Bouddha. Rose sourit en revoyant petit Paul et Bastien dans sa cuisine.

Le gardien n'a cessé de verser de la bière d'orge dans leurs verres à peine vidés. Ils boivent un dernier coup, achètent une tête de bélier en beurre pour apaiser le chevalier de carnaval qui luit dans la pénombre, et reprennent leur chemin.

Le temple des bonnets rouges que Tom veut leur montrer est un peu plus haut, à flanc de montagne. Abandonné. Celui dont ils sortent n'en est qu'un substitut, lamentable comme tout provisoire qui s'éternise.

L'alcool leur a coupé les jambes, ils sont en nage lorsqu'ils parviennent devant la ruine. Une fois dans la cour, les dégâts de l'édifice priment sur ses beaux restes. Chambranles arrachés, fenêtres et ouvertures murées, balcons ou toitures chancelants, on se demande comment l'ensemble tient encore debout. Les gardes rouges se sont visiblement acharnés sur cette pauvre chose avant de la transformer en ferme, puis de la laisser crouler. Sous un grand orme, dont le feuillage pommé se détache avec grâce sur le ciel, de gros tas de fumier achèvent de se décomposer ; l'arrière-train boucané d'une charogne semble tendu pour s'en extraire. Sur les parois internes des galeries, la totalité des fresques ont été grattées, mais quelques traces subsistent ça et là où l'on discerne une moitié de main, un lambeau de joue. Malgré sa déshérence, l'endroit respire le calme, fait signe d'alliance.

— On ne peut pas accéder à l'intérieur ? demande Bastien.

— Non, dit Tom. J'ai fait le tour la dernière fois, tout est muré. Mais ça vaut la peine de jeter un coup d'œil…

Rose s'asseoit sur un escalier à demi éboulé.

— Je suis crevée, je ne bouge plus d'ici.

— Venez, dit Bastien avec douceur, s'il vous plaît.

Rose se relève aussitôt ; elle accepte son bras et s'astreint à respirer profondément.

Ils font le tour des bâtiments, attentifs à la moindre brèche, et derrière le sanctuaire principal, c'est la jeune femme qui signale un passage, à ras de terre, dissimulé par l'éboulis d'un angle. Elle s'y faufile à quatre pattes, suivie par les deux hommes.

La grande salle est vide, jonchée de gravats. Là aussi toutes les peintures ont été saccagées ; il n'en reste qu'un barbouillage abstrait, proche du badigeon. Plus difficiles d'accès, les plafonds n'ont souffert que du délaissement ; les poutres conservent leurs décors de pétales et de volutes sur fond corail, de même que la partie haute des piliers cannelés. Sur les solives, l'alternance de bleu Klein et d'orangé a encore belle allure.

Rose pénètre la première dans une salle attenante ; son cri de frayeur résonne entre les murs défigurés. Tom et Bastien se précipitent : au fond de la pièce, Mao Zedong les dévisage de ses yeux jaunes, des yeux de lémurien, de prêtre halluciné !

C'est un grand tableau peint à l'huile et encadré de rouge qui a été oublié là, posé contre un mur moins détérioré que les autres. Entre des affiches de propagande chinoise qui fleurent les années soixante, on reconnaît encore des dizaines de petites images d'une fresque aux « mille Bouddhas ». Tom est le premier à sortir de la stupeur où cette vision les a plongés, mais tandis qu'il s'approche du tableau, un sifflement continu l'immobilise. Un son étrange, venu d'en haut, qui leur fait tous lever la tête vers la charpente ; une polyphonie pour ondes Martenot, scie musicale et bombes à ailettes larguées en noir et blanc. L'intensité s'amenuise, finit par disparaître.

— C'était quoi ? demande Rose avec une grimace.

— Rien, dit Tom, juste une soucoupe volante.

— C'est magnifique, venez voir…

Ils rejoignent Bastien près du tableau. Quelqu'un de très en colère, mais d'une colère froide, précise, chirurgicale, a évidé les yeux du

Mao, si bien qu'on aperçoit derrière deux des Bouddhas de médecine encore intacts sur le mur.

Debout dans un coin de la salle, il y a un faisceau de fourches et de pétoires antiques.

Un sentiment de malaise les poursuit jusque sur l'esplanade où ils reprennent leur souffle.

— Ça devait être le Mao de la coopérative agricole, dit Tom.

— Qu'on les laisse tranquilles, bon Dieu ! Pourquoi ils leur font ça ?

— Lithium, chromite, cuivre, bore, sidérite, répond Bastien.

— Mica, gypse, cristal, phosphore, agate, silicium, continue Tom. C'est comme s'ils étaient morts...

Et voici que l'étrange musique se fait à nouveau entendre. D'abord ténue, elle va crescendo, semble s'éteindre, reprend de plus belle. Ils scrutent le ciel, interdits, lorsqu'un vol de pigeons brunit l'espace au-dessus d'eux ; ses brusques changements de trajectoire semblent correspondre aux imprévisibles variations des voix. Tantôt une note d'ocarina prend le dessus, tantôt c'est un accord de flûte, de cornemuse.

Ils suivent la nuée jusqu'à ce qu'elle s'abatte dans l'enceinte d'une habitation proche. La musique s'évanouit.

— Des pigeons à sifflet, dit Tom éberlué. Je savais que ça existait, mais je n'en avais jamais entendu.

— Comment c'est possible ?

— Je n'en sais fichtrement rien...

— De petites coloquintes pour les sons uniques, dit Bastien, ou des assortiments de roseaux pour les accords. On les fixe sur le pigeon, entre les deux pennes caudales...

— Et vous savez ça, vous...

— Ma science n'est pas très reluisante, elle vient directement du *Magasin pittoresque*... Au départ, semble-t-il, c'était pour protéger les pigeons domestiques de leurs prédateurs, à une époque où l'absence de service de voirie avait multiplié dans Pékin les vautours, les buses et autres rapaces. Puis certains esthètes y ont vu des possibilités d'orchestration, de symphonies éoliennes...

— Il y en a des choses dans ce magazine ! Faut s'abonner ou on le trouve en kiosque ?

Bastien poursuit, les yeux rivés à ceux de la jeune femme.

— Quatorze paires différentes de sifflets, autant d'harmoniques : *Zi Mu Ling* « Enfant et mère », *Zhong Xing Peng Yue* « Multiples étoiles escortant la lune »...

Retour à Lhassa dans le soleil couchant. Aiguë, insistante, cette langue sifflée derrière eux les harcèle longtemps, comme par rémanence.

Tom les raccompagne jusqu'à leur hôtel. Au dernier moment, il invite Rose à prendre un verre. Elle hésite, regarde Bastien, puis décline, exténuée. Rendez-vous est pris pour le lendemain, au pied du Potala.

14

Le jeune moine se tortillait de rire.

— Qu'est-ce que vous lui avez dit ? demande Rose à Bastien.

— Que j'étais très vieux, que je voulais voir les toits du Potala avant de mourir…

— Ça n'a pas l'air de le bouleverser outre mesure, fait Tom en battant la semelle. On est bon pour redescendre.

Rose souffle de lassitude et d'énervement :

— Il y a combien de marches, déjà ? Deux mille six cents, trois mille ?

Tom sourit.

— Ce n'est pas grave, on va trouver autre chose à faire. Le Norbulingka, ça ne vaut pas tripette, mais on pourrait visiter le Drepong, par exemple. Je ne pars que ce soir, on a le temps.

Bastien palabrait toujours avec le moine. Il ne montrait aucun signe d'impatience et semblait engagé dans une discussion amicale. De temps à autre, le religieux se pliait de rire en frappant des mains. Le son résonnait dans la cour comme un claquement de fouet. Quelques enfants s'étaient regroupés pour jouir du spectacle.

— Si c'est fermé, c'est fermé, dit Rose, on ne va pas y passer la journée...

Bastien acquiesce et prend congé du moine en le saluant à la tibétaine. Au dernier moment, il se ravise, fouille dans les poches de son pardessus et en extrait une carte postale qu'il donne en s'inclinant à son interlocuteur.

Resté en arrière, Tom vit le jeune homme se métamorphoser. Joues rosies par l'émotion, il se mordait les lèvres, les doigts crispés sur la carte. Très rapidement, il porta l'image à son front dans un geste de respect, puis la fit disparaître dans un repli de sa robe. Bastien n'avait pas fait trois pas qu'il s'entendit rappeler : le moinillon lui ouvrait les toits du Potala, pour lui et ses amis uniquement, en témoignage de bénédiction pour la nouvelle année.

— C'est incroyable ! Comment vous avez fait ?

— Il lui a juste donné une carte postale...

— Pas n'importe laquelle, dit Bastien. Une photo du Dalaï-lama.

Rose le fixe d'un air interrogateur.

— Oui, celle que m'a donné votre fils. J'y tenais énormément.

Guidés par le jeune moine, ils s'enfoncent dans le dédale du Palais Blanc.

Lorsqu'ils débouchent sur la terrasse, après une ultime volée de marches, Bastien ferme les yeux et fait le vide dans son esprit. Se laisser entraîner par les chevaux du vent, lâcher prise. Shambhala... Une vibration de tout son être l'assure qu'il se trouve enfin au seuil de la dernière porte.

Rose s'est précipitée vers le rebord de la toiture ; elle s'extasie, commente la vue merveilleuse que ce belvédère donne sur Lhassa et le cirque de montagnes environnantes. Tom rit, ne cessant de réarmer son appareil pour enregistrer l'orgiaque beauté du site ; teinte violine des sommets les plus lointains, gris argenté des cimes proches, outremer du ciel, abyssal. sur lequel se profilent des acrotères de cuivre doré, de noires tourelles, des biches de Cérynie

— Qu'est-ce que je suis content ! disait-il, transfiguré par la joie de se trouver là.

Rose répondait sur le même ton, parlait toute seule.

— Je n'y croyais plus... C'est sublime ! Le toit du monde, Tom, tu saisis ? On est sur le toit du monde !

Emportée par l'ébriété de la découverte, ce fut la première fois qu'elle le tutoya. L'oxygène lui manquait, comme à un alpiniste au terme de son premier « huit mille ». Tom faisait la girouette, bras tendu vers d'invisibles Himalayas :

— Éverest, Anapurna, Nanga-Parbat, Kangchenjunga !

Rose tournait sur elle-même au fur et à mesure, clouée à l'axe de l'univers, ivre de cette polarité. Elle aperçut Bastien à l'extérieur du manège. C'est lui qui avait toujours voulu venir jusqu'ici, pourquoi n'entrait-il pas dans la danse ? Pourquoi restait-il adossé à son mur de crépi brun, paupières closes, comme un poulpe collé à son rocher ? Elle se figea pour l'oberver, tout en éveillant l'attention de Tom. Le moinillon avait fermé les yeux, lui aussi ; acccroupi aux pieds du vieil étranger, il marmonnait des prières en égrenant son chapelet. Le silence devint pathétique. On entendait les vautours qui tournoyaient, haut dans le bleu, appelant à de nouvelles funérailles célestes. Il y eut comme une surcharge de lumière sur la terrasse.

Bastien ouvre les yeux sans qu'on sache s'il distingue encore quoi que ce soit, tant son regard flou les surprend. Le moine effleure du bout des doigts le pan de son manteau, baisse la tête et reprend ses oraisons.

Dans un état profond d'indifférence, le vieil homme se décolle du mur avant de marcher droit vers l'angle sud-ouest de la terrasse. Mû par un irrépressible tropisme, il avance jusqu'à ce que ses chaussures butent sur le muret. Rose s'est rapprochée de lui, effrayée par son attitude. Elle croit un instant qu'il va se jeter dans le vide, mais il se raidit. Une sorte de plainte caverneuse émane de son corps, un gémissement de rhombe qui la terrorise. Tom les rejoint, percevant tout à coup l'urgence du moment.

Les yeux rivés dans la direction qui semble hypnotiser Bastien, Rose ne voit rien à part la couleur tremblée des montagnes, puis en contrebas du palais, elle isole cette colline où pointe un relais de télévision ; une tour Eiffel jaune d'or surplombant un amas d'immeubles modernes. Autour d'eux une fourmilière défile en rectangles bien ordonnés. Elle réalise qu'il s'agit de soldats chinois à l'exercice, lorsque Bastien fait un drôle de mouvement avec ses hanches, celui d'un cavalier qui se remet d'aplomb sur sa selle après un obstacle mal négocié. Puis il étend les bras, paumes ouvertes vers le ciel, et tombe en arrière, abruptement, comme un arbre sous la scie. Son crâne fait un bruit lugubre sur les pierres luisantes de la terrasse.

Ouvrant les yeux, le jeune moine accélère le rythme de ses litanies.

15

Voici des heures que Rose est assise sur une chaise, près de l'étiquette 401 床 de l'hôpital du Peuple. C'est une grande salle commune avec deux rangées d'étroits châlits en métal presque tous occupés. Quelques Tibétains, beaucoup de Chinois, auprès desquels les familles se relayent sans discontinuer. Il n'y a pas de sélection, si bien que de simples jambes cassées, voire de jeunes accouchées, voisinent avec des cas autrement plus lourds. Mais ce voisinage n'est peut-être pas si tragique, songe Rose ; il y a sans doute une plus grande humanité à côtoyer ceux qui arrivent au moment où l'on s'en va. Et ça geint, ça tousse, ça crache ou ça papote ; ça s'engueule parfois dans une absence totale d'intimité ou de simple respect des autres. Au bas des murs couleur coquille d'œuf court une large bande verte de peinture à l'huile. C'est sur elle que sont scotchés les numéros de lit, tracés au pinceau sur des quarts de feuille grossièrement découpés. De la crasse partout, sur les murs auréolés de roux, sur le blanc crème des tables de nuit en formica, ou celui encore moins net des blouses d'infirmières. À la tête de chacun des lits, trône une grosse bouteille d'oxygène, avec son manomètre vétuste, sa peinture écaillée, ses tags incompréhensibles ; la salle ressemble à un hangar de gonflage pour plongeurs déjantés.

Bastien est allongé auprès d'elle, nu sous une couverture matelassée, bras gauche relié à une perfusion. Attaque cérébrale, doublée d'un léger traumatisme crânien, pour ce qu'elle en a compris. Il est dans le coma.

Sa panique durant l'attente des secours sur la terrasse du Potala, le brancard, l'ambulance font un caillot de mémoire dans sa tête. Une seule image persiste, invariable, la chute de Bastien. Il ne cesse de tomber, en boucle, sans lui laisser une minute de répit.

Tom a été extraordinaire. C'est lui qui a tout pris en charge. Elle n'aurait jamais cru que sa désinvolture apparente puisse laisser place à tant d'efficacité primaire. Il s'est démené comme un beau diable pour faire transporter Bastien à l'hôpital. Comme elle avait sur elle les contrats d'assurance voyage, il est reparti ensuite Dieu sait où pour entamer la procédure de rapatriement. L'idée la traverse qu'elle en serait encore à errer dans les rues de Lhassa sans savoir que faire. Tom a foncé, tête baissée. Il n'a eu aucun doute sur la marche à suivre pour aider Bastien, pour l'aider elle, surtout, puisque le vieil homme a l'air vraiment bien mal en point et flotte, quelque part dans les limbes, en suspension.

Un infirmier vient changer la perf. Avec ses cheveux remontés en chignon et ses favoris, il a une allure de samouraï. Loupes sur le bout du nez, il vérifie que le liquide s'écoule correctement. *Hăo… Nĭ hăo ma* ? Ok… Ok ? Puis il repart vers d'autres lits.

Rose s'attarde sur le visage émacié de Bastien. Il a des yeux de Christ mort ; une barbe naissante lui blanchit les joues. Que fiche-t-elle dans cet hôpital avec un vieillard qu'elle connaît à peine ? Qu'est-ce qui lui a pris de l'emmener jusqu'ici ? Pourquoi se sent-elle responsable de sa santé, de sa vie plus impérativement que s'il s'agissait de sa propre mère ? Le seul homme qu'elle connaisse à avoir traversé sans doute les mêmes épreuves, le seul à qui elle puisse s'adresser sans crainte d'être jugée.

— Je ne crois pas que vous m'entendiez, Bastien, c'est ce qui me donne le courage de vous parler. Je vous ai menti, je le regrette. Après mes recherches sur le type qui avait torturé ma mère, j'étais tellement époustouflée par ma trouvaille que je n'ai pas réfléchi à ses conséquences. Ne pas lui dire tout cela de but en blanc, c'est la seule chose à laquelle j'ai pensé en me hâtant de tout lui raconter. Lorsque j'ai multiplié les détails qui resserraient le filet autour du coupable, c'est elle qui m'a demandé d'abréger. Je lui ai dit alors très précisément ce que j'avais découvert, en lui donnant des preuves irréfutables : le milicien qui l'avait torturée pendant les années noires de sa jeunesse était aujourd'hui un respectable « résistant », l'un de ceux dont elle admirait la prestance aux commémorations lorsqu'ils entonnaient le *Chant des partisans*.

Elle n'a pas bronché. Juste une simple question, froide, tranchante : — Tu es vraiment sûre de toi ? — Maman, ai-je répondu, tu me connais, je suis historienne, jamais je ne me risquerais à te révéler une chose pareille si je n'étais certaine de ce que j'avance !

Elle a prétexté vouloir rester seule pour réfléchir, et je suis rentrée chez moi.

Le lendemain, la police est venue me sortir du lit pour m'annoncer qu'elle s'était jetée dans la Saône, un peu avant minuit.

Des témoins l'ont vue marcher résolument sur le pont et s'arrêter au beau milieu ; elle a posé son sac avec précaution avant d'enjamber le parapet. Sans hésiter une seconde, elle s'est basculée par-dessus, comme un sac poubelle jeté à la décharge. Les pompiers ont réussi assez vite à ramener son corps sur la berge ; elle s'était brisé le cou dans sa chute, ils n'ont même pas essayé de la ranimer.

Pas une lettre, pas un mot. Partie seule à cause d'un revenant...

Rose s'est mise à sangloter. L'infirmier samouraï vient la voir, inquiet. Il vérifie le pouls de Bastien, la perfusion. Tout va bien. Ok. Ok... *Not dead* le vieux papa français...

— Il va bien, Rose, l'infirmier dit qu'il n'y a pas de problème. Que se passe-t-il, Rose ? Rose ?

Elle sent la main de Tom dans son cou et se laisse aller à pleurer contre sa poitrine.

— Ce n'est rien, le stress, la fatigue... Je suis déboussolée. Il y a du nouveau avec les assurances ?

Tom a plein de choses à lui raconter, mais il sort d'abord une tablette de chocolat de sa poche et l'oblige à en grignoter deux ou trois carrés.

— Je ne sais plus combien de coups de fils j'ai passés ! – Monsieur Lhermine est-il décédé ou seulement en train de mourir ? dit-il en prenant une voix neutre. Bien, nous faisons le nécessaire, rappelez dans un quart d'heure. – Pouvez-vous nous envoyer par fax le dossier médical ? Non, pas en chinois, en anglais. Dans ce cas, je vais aviser notre antenne médicale à Katmandou, rappelez-nous dans un quart d'heure... Ensuite, il leur fallait l'avis d'un second médecin avant d'envoyer le leur du Népal ; mais qui ne pouvait venir que dans quatre jours... C'était à s'arracher les cheveux !

— Et pour finir ?

— Ils se sont débrouillés pour que vous repartiez demain soir, par l'avion de vingt et une heures. Leur contact arrive cette nuit de Katmandou et voyagera avec vous jusqu'à Paris. Bastien sera pris en charge dès l'atterrissage. Tout est réglé.

Rose le remercie. Elle ne sait pas ce qu'ils seraient devenus sans lui ; c'est vraiment extraordinaire, ce qu'il a fait. S'il y a des choses à payer, les fax, le téléphone...

— Et la virée à Gyantsé ? Tu ne devais pas partir cette nuit ?

— Une arnaque, dit Tom. Le chauffeur a doublé le prix au dernier moment, tout ça pour voyager à l'arrière d'un camion sans bâche... Il a fallu que je bataille dur pour récupérer mon fric.

— Alors tu restes ?

— Pas moyen de faire autrement. Mais comme un con, j'ai liquidé ma chambre d'hôtel, et avec la fête il n'y a plus un lit de libre. Je suis un peu à la rue, tu vois…

— Pour ça au moins, dit Rose, je peux être utile à quelque chose. On a loué un vrai dortoir, il y a de la place si tu veux.

16

Déboussolée, dis-tu ! Je peux t'assurer que tu es loin du compte. Je me souviens à peine de cette journée à l'hôpital, tant la mort de maman et l'accident de Bastien s'entrechoquaient. Lorsqu'on nous a mis dehors pour la nuit, ce fut un soulagement de laisser tout ce malheur derrière moi.

Tu as bien senti que Tom m'avait tapé dans l'œil. Mais j'avais d'autres chats à fouetter ; j'étais surtout heureuse de ne pas me retrouver toute seule dans ce pays.

En arrivant dans la chambre, Tom m'a aidée à brancher le réchaud, et nous sommes restés plusieurs minutes accroupis autour de son rayonnement. Il a posé ensuite ses affaires sur un lit, à l'opposé du mien. En revenant vers moi, il avait une petite bouteille de vodka chinoise entre les mains.

— *In case of emelgency*, ok ? a-t-il dit en clignant des yeux pour faire le Chinois.

J'en ai bu une gorgée au goulot ; de l'alcool à brûler ou quasiment, mais ça réchauffait plus que le Dianlu... On a beaucoup parlé de Bastien. J'ai raconté comment je l'avais connu, sa passion d'enfance pour le Tibet, le caprice qui m'avait conduite à l'emmener jusqu'ici. Tom enseignait le français en Chine populaire. C'était la seconde fois qu'il venait à Lhassa. Je n'imaginais pas, disait-il, à quel point cette ville avait changé en trois ans. Les Chinois étaient bien partis pour raser les quartiers anciens, comme ils l'avaient déjà fait à Pékin ou à Shanghai, et les remplacer par cette architecture de pacotille dont ils ont le secret. Les réverbères en fonte, les trottoirs propres installés sur la place, juste devant le Jokhang, le mettaient en rage. Il y voyait le signe tragique d'une sinisation inéluctable du Tibet.

Lorsque j'ai refusé une nouvelle fois la vodka qu'il me tendait, il a continué à boire seul, sans manifester autre chose qu'un peu plus de chaleur dans le récit des exactions chinoises depuis 1959. Tu verras, insistait-il tristement, ils sont capables de construire une ligne de chemin de fer jusqu'à Lhassa pour amener des troupes ou des colons plus facilement ! Un jour, il y aura même des guichets pour touristes à l'entrée des temples !

On s'est couchés assez tôt, chacun de son côté. Quand la résistance du Dianlu a sauté, vers deux heures, je l'ai rejoint dans son lit pour chercher un peu de chaleur. Je me suis calée dans son dos, et il a eu le bon goût de faire semblant de dormir. Ou peut-être dormait-il vraiment... Moi, en tout cas, je n'ai réussi à perdre conscience qu'au petit matin.

Je me suis levée la première. Après un passage aux « toilettes », des latrines immondes à l'autre bout d'un couloir de béton, j'ai tiré le rideau de douche et commencé à essayer de me rendre présentable. Dans le miroir, au-dessus du lavabo, j'ai vu Tom s'asseoir sur son lit, tout ébouriffé. Il m'a cherchée des yeux, puis s'est figé dans ma direction. Lui, au moins, me regardait ! J'ai fait semblant de rien, et en me déplaçant de façon naturelle à l'extérieur du rideau, comme si toute à mon décrassage je ne remarquais pas qu'il ne me voilait qu'à moitié, je lui ai montré de moi plus que je n'aurais dû. Malgré le froid, je me suis même déshabillée entièrement.

Il m'a observée jusqu'à la fin, j'avais le feu aux joues en me retournant vers lui.

— Bonjour, a-t-il dit. Je peux prendre mon tour de salle de bains ?

Je me suis assise sur le lit de Bastien, et moi aussi j'ai regardé ; mais cet imbécile s'est contenté de se laver les dents et de pisser dans le lavabo ! Tout ça pour te dire qu'il ne s'est rien passé entre nous, et te dispenser d'une scène porno avec ta mère dans ton prochain chapitre...

Avant de quitter l'hôtel, j'ai bouclé nos bagages, et nous sommes repartis à l'hôpital.

Une bonne nouvelle nous y attendait : Bastien était sorti du coma durant la nuit. Miraculeusement, il ne gardait aucune séquelle de son attaque et paraissait on ne peut plus lucide. Ses premiers mots furent pour s'excuser du tracas qu'il me causait. Je l'ai rassuré en plaisantant, et Tom l'a mis au courant du résultat de ses démarches.

— Vous allez bien, c'est sûr ? ai-je insisté un peu bêtement, alors que d'autres questions se bousculaient dans ma tête : que s'est-il passé sur cette terrasse ? Qu'avez-vous vu de si terrible ?

— Je vais bien, Rose, ne vous inquiétez surtout pas pour moi. Même quand un homme est malade à mourir, il peut survivre deux ou trois jours de plus... Je ne sais plus quel maître japonais a dit cela, mais je confirme. Vous êtes vraiment décidée à revenir en France avec moi ? C'est idiot, vous devriez rester.

— Il est hors de question de vous laisser partir tout seul !

Impossible de te décrire le ton sur lequel j'ai dit ça... Une vraie groupie ! Autant je m'étais morfondue devant son corps inerte et silencieux, autant la simple inflexion de sa voix me rendait à nouveau dépendante. Crois-le ou non, à ce moment-là, j'aurais fait à peu près n'importe quoi s'il me l'avait commandé !

— Alors, vous allez me faire le plaisir de profiter de cette dernière journée. Laissez-moi, j'ai surtout besoin de dormir. Et puis, j'ai de la lecture, a-t-il ajouté en montrant le livre de poche que j'avais feuilleté à notre premier réveil.

J'ai obéi. Nous sommes ressortis dans Lhassa, et j'ai demandé à Tom de m'emmener vers l'antenne, là où Bastien regardait avant sa chute.

— Au Chakpori ? C'est une bonne idée, on sera revenus à temps pour rencontrer le toubib de Mondial Assistance. Il nous rejoint à l'hôpital vers seize heures pour organiser votre départ.

La « Montagne de fer », m'a-t-il expliqué sur le chemin – Chakpori, en langue tibétaine –, était surmontée autrefois par l'école de médecine, l'un des plus anciens sanctuaires de Lhassa, et des plus vénérés. J'ai vu plus tard des photos de cet endroit, prises par Schäfer en 1939. La montagne était totalement nue, avec des ondes vermiculées de blanc. Une Babel sombre et imposante autour de laquelle s'enroulait un étroit sentier. Au sommet, comme une excroissance géométrique de la montagne, le temple avait tout d'un château cathare, clos sur lui-même et sur ses secrets. Après avoir rasé l'édifice, en 1959, l'armée chinoise venait de le remplacer par un relais de télévision dont la structure métallique arborait, comme par défi, la couleur vive des Bonnets jaunes.

Une fois dans la montée, on ne la voyait plus. Dès les premiers pas, le flot continu des pèlerins nous a aspirés dans sa lente progression vers le sommet, s'arrêtant à chacun des innombrables chortens multicolores pour y suspendre un nouveau chiffon de prière. Pas un arbuste, pas une simple proéminence qui ne fussent tendus de fanions comme autant de mâtures prêtes pour la revue. Accroupis à flanc de colline, des sculpteurs gravaient les mêmes invocations sur les éclats de schiste détachés des parois ; d'autres traîne-misère achetaient ces ex-voto pour les déposer un peu plus loin, au sommet d'énormes cairns qu'il fallait escalader. Au fur et à mesure qu'on la désagrégeait, la montagne se recomposait ainsi en un monceau d'épigraphes liturgiques. Plus haut, les escarpements se grimaient de peintures à teintes bleues et orangées ; des centaines de bouddhas vibrant dans les tourbillons de fumée qui charbonnaient leur sourire de Madone, et vers lesquels les pèlerins tendaient les bras. Sous ce livre d'heures exposé à toutes les érosions, j'ai eu le sentiment d'être au plus près du ciel, et donc peut-être de ce que signifie l'éternité.

Au hasard d'un virage ou de telle lucarne creusée dans la roche, on apercevait loin en contrebas l'irrationalité construite du Potala. Et chaque fois, je pensais à Bastien sur son lit d'hôpital, à ce qui avait pu le guider vers cet objectif finalement si minuscule.

Tout à coup nous fûmes au sommet, devant le soubassement de béton où s'ancrait la structure métallique de l'antenne ; une cage aux fauves dont la géométrie en étoile faisait offense à la montagne. Agenouillé à l'extérieur, un vieux Tibétain au crâne rasé psalmodiait ses mantras avec ferveur, s'interrompant de temps à autre pour verser à travers les barreaux une libation d'alcool de riz.

Vingt-sept ans après la destruction du temple, les Tibétains s'y pressaient toujours par milliers ; sans rien changer à leurs habitudes, ils suspendaient leurs prières aux montants du pylône, brûlaient leurs bâtonnets d'encens, se prosternaient devant lui avec une dévotion intacte. Le temple de la médecine n'avait pas été rasé, il était seulement devenu invisible, immatériel.

Dans cette ferveur magnifique et entêtée au pied d'une ferraille, avait dit Tom avec gravité, on reconnaîtrait un jour le symbole d'une résistance hors normes, aussi fabuleuse que le pays où elle avait été mise en œuvre.

17

Dès le premier abord, le docteur Sudarshan leur avait inspiré confiance. C'était un Indien d'une cinquantaine d'années, un peu enveloppé, mais tiré à quatre épingles dans son costume à la Nehru, avec un calot blanc sur des cheveux argentés. En sus de l'anglais qu'il maîtrisait à merveille, le brave homme s'exprimait dans un français correct. Après avoir longuement examiné Bastien, il s'était montré rassurant sur son état, sans dissimuler toutefois un risque sérieux de récidive : tant que leur ami ne serait pas traité en profondeur, les causes responsables de son attaque pouvaient à tout moment reproduire les mêmes effets. Dans l'attente d'un scanner, il se contenterait d'augmenter le dosage d'anticoagulants, de surveiller le cœur et, avant le départ, de lui poser une sonde urinaire pour éviter les déplacements dans l'avion.

Les adieux avec Tom avaient été frustrants. Obnubilée par le transfert de Bastien à l'aéroport, Rose se reprochait de n'avoir pas consacré plus de temps à le remercier. Après la promesse de s'écrire, et peut-être de se revoir un jour, elle était montée précipitamment dans l'ambulance. En se tordant le cou pour lui faire un dernier signe, elle fut déconcertée par sa réaction : il lui avait soufflé un baiser dans le creux de sa main, avant de se tourner dos à la bise pour allumer une cigarette. Le rougeoiement du briquet sur son visage emmitouflé restait une image d'une infinie tristesse.

Rose avait dormi jusqu'à l'escale de Guangzhou. Après deux heures d'attente, ils étaient remontés dans un avion de la CAAC[1] pour Paris ; en dernier, de façon à les installer tout à l'avant, loin des regards.

Bastien est isolé sur un rang de sièges, côté couloir. Sudarshan a fixé la perf à un dispositif coincé dans le volet du porte-bagages, puis branché le monitoring portatif qu'il a ramené du Népal. L'appareil est posé auprès de lui, sur le siège qui précède son patient. Rose boucle sa ceinture, de l'autre côté du passage. Le vieil homme a les traits tirés. Il semble moins en forme que ce matin ; elle est un peu inquiète de le voir sombrer régulièrement dans de courtes périodes d'un sommeil agité. Les seuls mots qu'il ait prononcés jusqu'à présent ont été pour remercier l'équipage de ses attentions. Hôtesses et stewards sont adorables avec eux depuis leur arrivée dans l'avion, même si l'on sent bien que la présence d'un malade à bord les contrarie.

L'appareil s'est mis à rouler, il accélère brutalement et décolle dans les bourrasques de pluie qui commencent à balayer la piste.

Trois heures passent. Des plateaux-repas ont été servis puis remportés. Les hôtesses distri-

1. Civil Aviation Administration of China.

buent des oreillers, des couvertures, de petits nécessaires sous pellicule plastique. Les gens se préparent à dormir.

Rose a cédé tout à l'heure à l'insistance aimable d'un steward et accepté une mignonette de whisky avec des glaçons. Elle est prête à s'endormir, lorsque Bastien la prie de venir s'asseoir à côté de lui.

— Vous avez besoin de quelque chose ? demande-t-elle en se hâtant de lui obéir.

— Non, juste de parler un peu... Vous permettez ?

— Mais bien sûr, Bastien ! Qu'est-ce qui vous prend de me demander ça ?

— Hier, pendant tout le temps où je suis resté dans le coma, je ne pouvais pas faire un geste, ni même ouvrir les yeux, mais j'entendais tout ce qui se disait autour de moi.

Rose sent le haut de sa poitrine s'empourprer :

— Excusez-moi... Je suis confuse. J'avais besoin de m'épancher ; ce n'est pas facile, vous savez...

— Il n'y a pas de mal, Rose. Au contraire, je suis très sensible à votre confiance. J'ai longuement réfléchi à la façon de vous aider à surmonter cette épreuve. Je voulais vous dire certaines choses que je crois justes et utiles... Que votre mère n'a pas agi par désespoir, mais par compassion, qu'elle a été plus forte, plus digne que son bourreau. Et j'ai fini par comprendre qu'on ne pouvait répondre à un secret que par un autre secret. Alors, pardonnez-moi, voici le mien :

En juillet 1943, mon frère Gilles s'est engagé dans la Waffen-SS, plus exactement la Sturmbrigade « Frankreich » qui venait d'être créée. Il était antisémite de souche, comme notre père, lecteur enthousiaste de Maurras, d'Alphonse de Châteaubriant, l'esprit encombré de chevalerie celtique, de cors sonnant à Roncevaux ; un de ces « hommes de l'Illiade » portés par le rêve d'une mort glorieuse dans la victoire. Mon père lui a donné sa bénédiction, et il a rejoint avec d'autres le camp d'entraînement de Sankt-Andreas, dans les faubourgs de Sennheim, en Alsace annexée. Trois mois plus tard, une permission l'a ramené chez nous dans son uniforme flambant neuf, musclé, endurci, transfiguré. Les Allemands, disait-il, construisaient bon gré mal gré un nouveau monde fondé sur l'élite de l'intelligence et de la race. Il fallait faire un choix, comme à l'époque de Philippe le Bel : prendre le parti des nouveaux Templiers ou renoncer à tout honneur, à toute gloire… Notre père l'avait félicité ; il était trop âgé pour se joindre à lui, mais partageait ses convictions. Rien ne le rendait plus fier que cet engagement.

On avait bu du champagne, ce soir-là, et mangé une omelette aux truffes pour fêter le nouvel an.

Plus tard dans la nuit, Gilles m'a pris à part. Il voyait bien que je ne serais jamais un guerrier ; on ne pouvait pas compter sur moi pour intégrer cette chevalerie de l'Ordre nouveau. Autour de la Table ronde, il n'y avait pas que Lancelot ou Galaad, mais aussi Merlin et ses enchantements, la force ténébreuse sans laquelle nulle quête n'était possible. À Sennheim, on lui avait parlé de jeunes recrues qui travaillaient à cet avènement. Des gens comme toi, Paul, des littéraires, des orientalistes passionnés qui œuvraient au sein des Brigades tibétaines de la SS. L'objectif était de contribuer par l'intelligence au renouveau des forces aryennes, d'apporter sa part dans le domaine de la spiritualité. Rien n'était à négliger. Pour ceux-là, pas d'uniforme, nulle autre armure que celle du savoir ; je ne mettrais jamais les pieds sur un champ de bataille. C'était l'opportunité de plonger à corps perdu dans ce qui m'avait toujours exalté, la tibétologie, le sanskrit, les mandalas... – J'ai parlé de toi aux bonnes personnes, avait-il conclu ; si tu es d'accord, je t'emmène avec moi.

Quinze jours après cette conversation, j'ai commencé mes études à Berlin ; dans un Burg transformé en monastère où nous étions une trentaine de novices. Crâne rasé, vêtus de robes rouges, nous suivions l'enseignement de quelques moines tibétains, sous la direction d'un lama de Ganden. Les motivations allemandes de cet institut passaient bien au-dessus de ma tête : je n'y ai vu, très sincèrement, qu'un moyen de parfaire mes connaissances sur un sujet qui me tenait à cœur depuis toujours. En deux ans, j'ai appris le tibétain, progressé en sanskrit, étudié les grands textes du lamaïsme. Il paraît que j'étais doué ; mon instructeur, le lama Rimpoche, me tenait en grande estime. Une fois notre enseignement achevé à Berlin, nous aurions le privilège d'aller au Tibet pour la dernière étape de cette initiation. Là-bas seulement se révélerait à nous le sens profond du parcours que nous avions suivi.

Nous ne lisions aucun journal, n'avions accès à aucune information sur l'extérieur ; été comme hiver, nous allions pieds nus. Méditation, chants, pratique du mandala de sable, lectures et prières... J'ai même appris à sculpter des statuettes de beurre et d'orge, à les colorier. Nous vivions à Berlin comme de véritables moines dans la vallée du Yarlung !

Vers la mi-avril 1945, quelque chose pour moi comme une intronisation approchait. Seul parmi mes camarades, j'avais gagné mon voyage à Lhassa ; mon maître spirituel me préparait à cette expérience cruciale, détaillant les étapes qui me restaient à accomplir. Une fois nos dévotions faites au Jowo, nous monterions ensemble sur les terrasses du Potala ; pénétré de tout ce que j'avais appris, de tout ce que j'étais devenu, il me faudrait regarder avec lui vers la cime du Chapkori. Son enseignement serait alors terminé : j'aurais gravi la montagne de Minuit.

Une semaine plus tard, le 24 avril, l'Armée rouge entrait dans Berlin.

Bastien se tait, submergé par on ne sait quelles visions d'horreur et de fracas.

— Vous avez été SS...

— Administrativement, du moins. Ce n'est pas pour chercher à me dédouaner, mais je n'ai jamais tenu un fusil ni participé à quoi que ce soit dont je puisse rougir aujourd'hui.

— Vous avez été SS, répète Rose en le dévisageant.

— Oui. Je l'ai payé durant tout le reste de mon existence. Et je lis dans votre regard que ce n'est pas fini…

— Ensuite, après la prise de Berlin ?

— J'ai été fait prisonnier par les Russes et interné. D'abord à Sachsenhausen, puis à Écrouves, avant d'être rapatrié à Lyon, en 1947, pour être condamné à la dégradation nationale et libéré. C'est seulement à cette époque que j'ai eu des nouvelles de ma famille : Gilles est mort en Pologne dès sa première montée au front, sur la rivière Visloka ; mon père s'était tiré une balle dans la tête en apprenant la nouvelle. On l'avait inhumé à côté de ma mère, au cimetière de la Croix-Rousse. La suite, vous la connaissez, ou à peu près. Les Jésuites du lycée Saint-Luc se sont souvenu que je n'avais pas été un mauvais élève, ils ont fait preuve de miséricorde…

— Excusez-moi, mais là c'est trop d'un coup… Il faut que j'essaye de dormir, sinon je vais craquer pour de bon.

Rose se lève et marche vers les toilettes, à l'arrière, par besoin de se dégourdir les jambes. De part et d'autre de la coursive, les passagers sont endormis, masque sur les yeux, dans un vilain désordre de chambrée. Beaucoup d'occidentaux, quelques asiatiques, petit monde qu'on dirait pétrifié par le sort d'une mauvaise fée. Deux hôtesses passent entre les fauteuils, attentives ; tout au fond, dans la zone fumeur empuantie par l'odeur du tabac froid, un vieux Chinois termine sa cigarette en lisant le *China Daily*.

Elle regagne sa place, hésite entre un second whisky et une pillule de Valium, opte pour le somnifère. Le docteur s'est assoupi, sa tête dodeline par à-coups. Du coin de l'œil, elle voit Bastien feuilleter le magazine de la compagnie d'aviation. Il s'arrête sur une page consacrée à la faune sous-marine et se met à rire silencieusement. C'est la première fois qu'elle le voit faire ça.

— Qu'est-ce qui vous amuse ?

— Le Mont Analogue…

Il lui tend la revue et incline son siège, les yeux clos, sourire aux lèvres. Sur la photo il y a un mérou, l'air intrigué, qui sort son museau d'une faille rocheuse. Elle referme le magazine et le pose sur sa tablette. Malgré ses aveux, cet homme reste une énigme qu'elle ne parvient pas à déchiffrer ; de nouveau elle ressent pour lui une immense tendresse, ouatée, satinée, insidieuse. Mais voici qu'elle erre sur les pentes de la Montagne de fer. Elle se sent tourmentée, aigrie, traquée. Elle grelotte, son esprit est éparpillé, chancelant et diffus. Son cœur se remplit d'une affliction sans borne. Personne ne la reconnaît. Même petit Paul, qui essaye d'attraper un oiseau, traverse son corps sans la voir. Elle cherche une faille, une crevasse où loger ce vide, la montagne se met à frémir, les sifflements amplifiés d'un orchestre de pigeons lui vrillent les oreilles.

Rose ouvre les yeux. Le docteur Sudarshan s'active sur le corps de Bastien ; il finit par abandonner et se tourne vers elle en secouant la tête, la mine désolée, mais sans plus. Il arrête le son du monitoring, essuie la sueur qui perle sur son front. L'une des hôtesses s'est précipitée pour tirer le rideau entre la première classe et le reste de la cabine. Le chef de cabine s'entretient avec le médecin, puis l'accompagne jusqu'au poste de pilotage. Le commandant écoute leur rapport, fronce les sourcils et rajuste son casque sur les oreilles :

— Vol 6834 Guangzhou-Paris, décès à bord, je répète, décès à bord. Passager Bastien Lhermine, heure du décès six heures GMT, localisation...

Il jette un coup d'œil sur l'écran radar qui lui fait face :

— Localisation, Berlin.

Une goutte de pus s'écoule des narines de Bastien. Tandis que deux stewards emballent son corps dans un linceul de plastique, une hôtesse s'approche de la jeune femme.

— Désolée, madame, c'est la procédure...

La terre continue à tourner, l'avion à s'enfoncer dans les nuages, les passagers à dormir.

Rose regarde intensément.

18

Oui, c'est à peu près de cette manière que Bastien est mort. J'ai dû te seriner cette histoire bien trop souvent pour que tu sois capable de la raconter de façon aussi clinique… Avec ce dernier chapitre, je m'aperçois que ton texte fonctionne assez pour être soumis à des lecteurs, et cela change la donne, Paul. Cela change vraiment beaucoup de choses. Je sais l'importance que tu attaches à la figure de Bastien, le culte enfantin que tu vouais à sa mémoire. Pour être honnête, je ne croyais pas non plus que tu irais jusqu'au bout de ton roman… Me voilà au pied du mur, il y a encore certaines choses que tu dois apprendre avant de publier les archives d'une si lointaine rédemption.

À notre arrivée à Paris, ce sont les pompiers qui ont évacué son corps ; j'ai appris par la suite qu'il avait été incinéré. Je ne sais même pas où reposent ses cendres, et je n'ai pas envie de le savoir. Tu connais mon peu de goût pour les cimetières.

De retour à Lyon, j'ai repris le cours de ma vie. Aussi étrange que cela paraisse, j'étais réconciliée avec moi-même, délivrée ; comme si j'avais reçu confirmation – je me souviens l'avoir formulé en ces termes – que la tumeur du sein qui m'inquiétait n'était qu'une vulgaire boule de graisse. Il y a eu un avant et un après ce court séjour au Tibet, tu l'as toi-même évoqué.

Ces jours derniers, j'ai voulu aller plus loin, reconstruire pour toi le fonds où s'enracinait l'expérience de Bastien. Défaut d'historienne, sans doute… Je t'entends grommeler d'ici ! Le fait est que je me suis mis en tête de rechercher tout ce qui concernait ces « Brigades tibétaines » dont j'avais admis l'existence sur la seule foi de son récit. Bien m'en a pris, comme tu vas le constater, même si j'étais loin d'imaginer la suite !

Paresseuse, j'ai commencé par l'Internet. En tapant « nazis » et « Tibet » sur Google, j'ai obtenu rien moins qu'un million cinq cent mille réponses ! Et quelles réponses ! Un salmigondis écœurant d'occultisme et de fascination complaisante pour l'Ordre nouveau du IIIe Reich. À en croire ces âneries, les SS avaient cherché et trouvé au Tibet une centrale d'énergie négative, quelque chose comme la source magique d'une puissance luciférienne.

Sur une multitude de sites, des noms inconnus de moi revenaient en permanence : l'Agartha, le Vril, la société Thulé. On y lisait que des moines tibétains avaient œuvré à Berlin pour ce rapprochement ésotérique, et même combattu dans les armées nazies. Mieux, Hitler n'était pas mort ! Après s'être emparé du Graal, il avait réussi à se réfugier quelque part sous les glaces, dans une base secrète où il mettait au point de terribles engins de guerre ; ces soucoupes volantes qu'on avait aperçues pour la première fois dans les années cinquante, et prises pour des ovni. On y donnait leur plan, leur mode de fonctionnement ; il y avait même des photos !

Tous ces cinglés ont en commun, tu le verras, de ne pas citer leurs sources ou, quand ils le font, de se référer les uns aux autres. La machine tourne en boucle, elle ronronne autour d'un seul événement indubitable faisant pour tous figure de preuve : la fameuse expédition au Tibet d'Ernst Schäfer en 1938-1939.

Mais là encore, les imaginations partent dans tous les sens... Sous couvert d'études anthropologiques, Himmler aurait patronné le déplacement au Tibet de ce chercheur et de son équipe dans un but mystique : retrouver les origines de la race aryenne, s'emparer du « Vril », l'énergie surnaturelle du « Roi du Monde ». À les entendre, Schäfer avait ainsi rapporté de son voyage le « tantra de Kalachakra », une sorte de grimoire assurant l'immortalité à son possesseur. Sans parler d'une lettre où le Dalaï-lama confiait à Hitler la maîtrise du monde aryen.

Crois-moi, Paul, je te la fais courte ! Il m'a fallu plusieurs jours pour prendre la mesure de ces inepties. Après une période de flottement, j'ai remonté une à une toutes les pistes, consulté pour chacune d'entre elles les auteurs sérieux, ceux qui avaient épluché réellement les archives concernant tel ou tel sujet. Tout, tu m'entends bien, absolument tout ce que j'avais lu était faux ! Les liens entre les nazis et le Tibet étaient de l'ordre du fantasme, une invention pure et simple, un mythe moderne fondé uniquement sur deux ou trois extraits de mauvaise littérature : de la pure fiction, née de la fiction, s'engendrant et se métamorphosant elle-même à l'infini.

Voici un premier état de mes investigations. Pardon pour le côté lapidaire, mais je tiens à t'exposer sans fioritures le fonctionnement de cette machine à déraisonner.

19

Rose est assise dans le bureau du professeur Matthew Engelhardt, face à l'impressionnante bibliothèque d'ouvrages tibétains accumulés au cours de sa carrière ; un mur où s'empilent des centaines de folios soigneusement enveloppés d'étoffes safranées. Le professeur a un fort accent américain, mais ses lenteurs à choisir le mot juste donnent à chacune de ses affirmations une manière d'autorité où se mêlent bienveillance et gravité. Elle écoute en prenant des notes.

— C'est en 1935 qu'Heinrich Himmler fonde le *Deutsches Ahnenerbe, Studiengesellschaft für Geistes-urgeschichte* ou « Héritage des ancêtres, Société pour l'étude de l'histoire des idées premières ». Son objectif est de promouvoir la science de l'histoire intellectuelle ancienne, c'est-à-dire d'accumuler les preuves archéologiques des hauts faits germains depuis le paléolithique. Bref, de reconstituer la mémoire perdue de la race aryenne.

— Oui, oui, reprend-il, réagissant à la grimace de la jeune femme, nous sommes d'accord. Mais à l'époque, disons depuis 1860, la séparation Aryens-Sémites est un dogme ;

elle fait partie du bagage de tout Européen cultivé. Emmanuel Kant croyait déjà aux origines indiennes de la connaissance, n'oubliez pas qu'il situait le lieu de naissance des premiers hommes sur le Tibet ! Renan lui-même divague sur l'Asgaard, en espérant que l'Allemagne, par un eugénisme bien compris, parviendra un jour à reconstituer au centre de l'Asie un royaume de purs héros scandinaves ! Les Français ont la mémoire tourte… Comment dites-vous ? Oh, excusez-moi, « courte », oui, très courte…

Cela dit, Himmler est un exalté qui croit à la supériorité et à l'antériorité de la race nordique. Maître absolu de la SS, chef de toutes les polices allemandes, dont la Gestapo, il est à la meilleure place pour façonner l'élite censée réincarner le vieil ordre des Chevaliers teutoniques. Entouré d'hurluberlus comme Herman Wirth, Edmund Kiss ou Walther Wüst, il met au point un programme de recherches visant à rassembler tout ce qui peut ressortir aux « ascendants aryens des Goths » et prouver ainsi l'antériorité des tribus germaniques par rapport aux civilisations gréco-latines ou asiatiques.

Cette monomanie le conduit à commanditer plusieurs expéditions pseudo-scientifiques, l'une en Scandinavie, dans le nord du Bohuslän, l'autre en Finlande. On y cherche les traces d'une langue indo-européenne originelle, ou du moins ce qui pourrait apparaître comme des « hiéroglyphes du nord » à décrypter.

Poursuivant les mêmes objectifs, l'architecte Edmund Kiss fait un premier voyage en

Bolivie. Il en revient persuadé que les temples de Tiahuanaco ont été édifiés voilà plus d'un million d'années par une race de seigneurs nordiques.

— On parle bien du personnage qui soutenait les thèses d'Hörbiger, n'est-ce pas ?

— Exactement. C'est la chute sur la terre de la « troisième lune », il y a environ cent cinquante mille ans, qui aurait provoqué l'Apocalypse et l'apparition d'une nouvelle humanité dégénérée. Kiss prétendait en avoir trouvé la preuve dans un calendrier inca de Tiahuanaco. En février 1939, lors d'un voyage d'exploration en Libye, il a même repéré les traces géologiques de cette catastrophe dans les gorges de Nalut !

Lorsque Himmler apprend qu'Ernst Schäfer s'apprête à monter une expédition scientifique au Tibet, il s'empresse d'essayer de la détourner au profit de ses propres objectifs : si le jeune zoologiste accepte d'emmener Kiss avec lui et de vérifier là-bas les théories de Wüst sur l'origine européenne des élites asiatiques, c'est l'Ahnenerbe qui financera son voyage. Schäfer refuse et trouve d'autres bailleurs de fonds ; mais les difficultés d'obtention de visas – et sans doute le souci de sa carrière – l'obligent à avaler quelques couleuvres. Son expédition partira finalement sans Kiss, mais sous l'égide d'Himmler, et seulement lorsque tous ses membres auront été enrôlés dans la SS.

Schäfer s'adjoint les services d'un géologue, d'un cinéaste, d'un logisticien et d'un anthropologue, Bruno Beger. L'équipe se proposait d'effectuer une synthèse géologique, botanique, zoologique et ethnographique du Tibet. Parvenant à Lhassa, c'est exactement ce qu'elle fit. Bruno Beger partageait les présupposés raciaux des nazis, il a même trempé par la suite dans les pires horreurs de la solution finale, mais à Lhassa il s'est contenté de prendre des mesures anthropométriques et des moulages de visages tibétains, tout en accumulant du matériel ethnographique traditionnel. À son retour, la mission Schäfer rapporta d'impressionnantes collections d'insectes, d'herbiers, de graines, d'animaux vivants, de tentes de nomades, d'instruments de musique, plusieurs milliers de photos et de quoi réaliser un long documentaire sur cette première allemande au Tibet.

— Mais pas le tantra de Kalachakra ?

— De pures foutaises ! Encore qu'il n'y aurait pas eu de quoi fouetter un chat. Il s'agit peut-être d'une confusion – fortuite ou volontaire, ça c'est une autre histoire... – avec la copie du Kanjur emportée par Schäfer : l'un des canons du lamaïsme offert à Beger, en remerciement de son assistance médicale.

— Reste la fameuse lettre adressée à Hitler par le Dalaï-lama...

— Pas par le Dalaï-lama, ce n'était qu'un bambin à l'époque ! L'équipe a été reçue par Reting Rimpoche, le régent du Tibet. Sur l'insistance de Schäfer, il a effectivement écrit une lettre destinée au chancelier allemand ; un message de pure convenance, accompagné de quelques menus cadeaux traditionnels.

Accueillie en grande pompe par Himmler, l'expédition n'a connu qu'un bref moment de gloire, puisque la guerre a éclaté quelques semaines plus tard. Hitler s'intéressait si peu à toute cette histoire qu'il n'a jamais rencontré Schäfer et attendu trois ans avant de consentir à prendre connaissance de la lettre adressée par le régent. Schäfer en avait confié la traduction allemande à deux éminents tibétologues, Helmut Hoffmann, de Berlin, et Johannes Schubert, de Leipzig. Hoffman donna une traduction correcte, tandis que Schubert trouva bon de l'agrémenter à la sauce nazie.

Le professeur parcourt une liasse de photocopies préparées à l'attention de Rose ; il en extrait un feuillet puis l'invite à s'approcher.

— Cette phrase, par exemple. En tibétain, elle dit : « Je vais bien et œuvre de mon mieux à nos affaires religieuses et gouvernementales. » Dans la traduction de Schubert, cela devient : « À présent, vous [Hitler] faites tous vos efforts pour créer un empire durable dans une paisible prospérité basée sur les fondements de la race. » C'est la fausse traduction de Schubert qui a circulé, évidemment. Et celle qu'un universitaire américain trouve encore le moyen d'utiliser en 1995 dans un article sur le Tibet et l'Ahnenerbe... Les gens préfèrent les vérités qui les arrangent, voyez-vous.

— Comment s'appelait le régent, déjà ?

— Reting Rimpoche.

— Rimpoche... répète Rose d'une voix blanche.

Mais le professeur est encore à sa démonstration :

— Quitte à les fabriquer, dit-il en ouvrant un livre. *Mes conversations avec Hitler*, d'Hermann Rauschning, l'édition originale de 1939. Cet individu est exilé hors d'Allemagne depuis des années lorsqu'il publie cette série d'entretiens. Le chancelier y est décrit comme un démon, un possédé... Je vous en lis un passage : "On m'a raconté une de ces crises avec des détails que je me refuserais à croire si ma source n'était aussi sûre. Hitler était debout, dans sa chambre, regardant autour de lui d'un air égaré. "C'est lui ! c'est lui ! Il est venu ici", gémissait-il. Ses lèvres étaient bleues, la sueur ruisselait à grosses gouttes. Subitement, il prononça des chiffres sans aucun sens, puis des mots, des bribes de phrase. C'était effroyable. Il employait des termes bizarrement assemblés, tout à fait étranges. Puis subitement, il avait rugi : "Là ! Là ! dans le coin. Qui est là ?" Il frappait du pied le parquet et hurlait. »

— C'est digne de *l'Exorciste* !

— Vous ne croyez pas si bien dire... Diaboliser l'ennemi, c'était le but de la manœuvre. Mais il faudra patienter jusqu'en 1985 pour qu'un historien suisse, Wolfgang Hänel, démontre la fraude. Les conversations de Rauschning ont été montées de toutes pièces ; c'est de la propagande. Un faux « littéraire », une fois de plus, puisqu'on y trouve habilement tressés dans la bouche d'Hitler des extraits d'Ernst Jünger, de Nietzsche, et même – à la fin du passage que je viens de vous lire – de Maupassant !

Le professeur pose ses lunettes de vue sur la table. Il sourit, content de son effet :

— Les nazis et les sciences occultes ? À part l'humus théosophique où s'enracinent effectivement le racialisme et la fiction d'un monde aryen germanique, il n'y a rien. Ni Hitler, ni Rosenberg, ni même Himmler n'ont jamais appartenu à la société Thulé, laquelle fut dissoute en 1925. Parmi les quelques jobards nazis qui croyaient à l'ésotérisme, seul Rudolf Hess en a fait partie. Mieux, dès 1938, Hitler a désavoué publiquement les travaux de l'Ahnenerbe, au grand désarroi d'Himmler. Un an auparavant, il avait même dissous par décret les loges maçonniques et les cercles théosophiques ou apparentés dans toute l'Allemagne. Entendez-moi bien, il ne s'agit pas de disculper les nazis de quoi que ce soit, mais l'historiographie est suffisamment complexe pour qu'on n'y rajoute pas la manipulation. On peut, on doit accuser le nazisme de bien des crimes, mais certainement pas d'avoir eu des objectifs occultes.

Les nazis et le Tibet ? Les faits sont têtus, chère madame : jusqu'à la fin du IIIe Reich, il n'y a jamais eu en Allemagne ni « monastère », ni « brigade » ni même le moindre moine tibétain à se mettre sous la dent ! Juste une expédition scientifique menée par un jeune homme assez immature, assez stupide et carriériste pour s'acoquiner avec les puissants de son époque.

Matthew Engelhardt range les photocopies dans une enveloppe a la remet à Rose.

— Depuis que les hommes ne croient plus en Dieu, dit-il en soupirant, ce n'est pas qu'ils ne croient plus en rien, c'est qu'ils sont prêts à croire en tout… Une remarque de Chesterton, si j'ai bonne mémoire, mais qui résume assez bien ce que je viens de vous dire.

20

Tu es vif à la besogne, à ce que je vois ! C'est vrai que je peine à rédiger les résultats de mon enquête, mais tu aurais dû attendre un peu... Nous n'avons fait que la moitié du chemin, figure-toi. Et puis, soit dit en passant, je n'aime pas trop le rôle de potiche que tu me fais jouer chez Engelhardt. J'avais déjà démêlé une bonne partie de l'écheveau avant de me rendre chez lui.

Pour en revenir à Bastien, nous ne saurons jamais d'où il tenait ses connaissances sur le Tibet, mais il m'a raconté des bobards ; bien enveloppés, mais des bobards. Et le pire, vois-tu, c'est que je ne parviens pas à lui en vouloir. À tout prendre, je le préfère menteur plutôt que sbire des nazis. J'en suis à me convaincre qu'il a puisé dans ses dernières forces et les ressources de son érudition pour inventer cette affreuse farce. Peut-être n'y avait-il qu'un pareil cauchemar pour me délivrer du mien ? Je ne sais pas. Le fait est qu'il a endossé ma faute, effacé l'ardoise. Aujourd'hui, je suis presque sûre qu'il avait prévu les questions que soulèveraient ces fichues brigades, qu'il m'a ainsi obligée au parcours de démystification dont je viens de te rendre compte. Le même, d'une certaine façon, que celui imposé à ma mère par mon souci de vérité.

C'est plutôt déroutant, je te l'accorde, de découvrir un mythe dont on ne savait rien, et d'apprendre en même temps qu'il ne repose que sur du vide. Mais tu ne dois pas rapporter le récit de Bastien sans rétablir la vérité. Ce serait criminel, Paul, je suis sérieuse ! Finis ton roman en laissant le moindre doute sur l'existence de ces brigades, et tu contribues au déclin de la rationalité qui assombrit notre début de siècle ; une vaste embrouille des cerveaux où se nourrit le plus lointain minuit des hommes. S'il y a quelque chose de pire que la religion, c'est le mythe ; la littérature est bien incapable de changer le monde, mais dis-toi qu'elle a encore les moyens d'entretenir ce qui le désagrège.

Je t'embrasse, *maine nishume*[1], je t'aime !

1. Yiddish : « mon âme à moi ».

Épilogue

La bouteille de whisky était posée sur une table basse, un Ardbeg *Still young* à cinquante-six degrés dont le niveau descendait gravement depuis des heures, malgré l'alternance avec le thé. Deux cierges, larges et cannelés comme des bambous, maintenaient l'intérieur de la yourte dans un clair-obscur doré. Laqués de rouge et de motifs bleu pâle, meubles, piliers, perches rayonnantes au-dessus d'eux multipliaient le reflet des flammes. On devinait à peine sur le sol quelques kilims, et sur les croisillons d'enceinte, de vieilles bannières où bondissaient des tigres.

— Il s'est passé quelque chose entre vous ? demande Paul, tout en mordillant l'ongle de son index.

Tom finit de découper en rondelles un morceau de saucisse sèche avant de répondre.

— Ta mère t'a laissé entendre que nous avions eu une aventure ?

— Non, mais elle n'a jamais caché qu'elle était un peu amoureuse de vous.

— Amoureuse, même « un peu », je ne crois pas ; ce n'était que du désir. Pour elle, comme pour moi, d'ailleurs.

Il allume une cigarette pour se donner le temps de réfléchir. De sa nuit avec Rose, il ne se souvient pratiquement de rien – c'était quasi systématique avec la vodka chinoise – sinon qu'ils s'étaient embrassés, puis caressés à travers leurs vêtements. Sans doute s'est-il « passé quelque chose », puisqu'elle n'a pas semblé surprise par son attitude au petit matin. Il se revoit collé à son dos, devant le miroir, tirant sur ses cheveux ; il visualise ses mains à elle, agrippées au rebord du lavabo, son pantalon à demi baissé, et comment elle le suppliait de s'enfoncer plus profondément entre ses fesses. Il sourit en constatant que ce simple souvenir a réussi à le faire bander.

— Non, assure-t-il, il ne s'est rien passé. Dans d'autres circonstances, peut-être... Mais là, on avait trop de soucis avec Bastien.

Porté par le vent, un long hennissement les surprend tous les deux.

— Picotin, dit Tom, l'air navré. Il n'en a plus pour longtemps.

— C'est le cheval que j'ai aperçu en arrivant ?

— Oui. Un Przewalski... Ceux qu'on voit sur les fresques de Lascaux. En réalité, il s'appelle Lung Ta ; ce sont les enfants qui lui ont donné ce nom ridicule. J'y suis habitué, maintenant. Il est en train de mourir, j'en suis malade...

Paul le dévisage, tandis qu'il se verse un nouveau whisky. Rides profondes autour des yeux, cou déjà flasque, cheveux gris clairsemés : il hait la vieillesse et ce qu'elle met d'exil sur nos visages suppliciés.

— Je suppose que tu n'es pas monté jusqu'ici pour me demander si j'ai couché avec ta mère ?

— Je voulais en savoir plus au sujet de Bastien.

— Pourquoi Rose n'a-t-elle jamais répondu à mes lettres ?

— Vous lui en avez écrit beaucoup ?

— Trois ou quatre, et puis j'ai laissé courir...

— Je ne sais pas, dit Paul, cherchant ses mots. On a toujours eu des rapports compliqués. Ça ne fait pas longtemps qu'elle me considère comme un adulte. Depuis que je me suis mis à écrire sur les brigades...

Tom regarde Paul tremper ses lèvres dans son verre. Le fils de Rose ressemble au jeune homme qu'il était encore lors de son deuxième séjour à Lhassa. Moins aventureux, sans doute, mieux préservé du réel, mais tout aussi hirsute. Il sait combien cette démarche a dû lui coûter.

— Bastien m'a impressionné, comme tous ceux qui ont croisé sa route. Plus que ta mère, je dois dire. En fait, c'est surtout lui que j'aurais aimé revoir.

Une bourrasque de vent gonfle un instant les feutres de la yourte. Le cheval hennit à nouveau, renâcle.

— Pauvre bête, dit Paul.

— Je lui ai donné ce qu'il faut, il ne va pas tarder à s'endormir.

— Excusez-moi, mais ça ne vous gêne pas de le laisser crever dehors, par un temps pareil ?

— D'abord, il ne « crève » pas, il s'en va ; ensuite, c'est un cheval mongol, habitué à la steppe, au blizzard. Le crime, ce serait de le laisser mourir dans une écurie.

Tom se lève pour recharger le poêle. Un appel d'air souffle dans la pièce une fumée âcre, amère, qui se mêle aux odeurs de yack.

— Qu'est-ce que vous brûlez là-dedans ?

— De la bruyère, du genévrier… Il n'y a que ça dans le coin.

— Pourquoi est-ce qu'il a raconté cette histoire à ma mère, je veux dire, un mensonge aussi énorme ?

— Honnêtement, je pense qu'il l'a juste aidée à trouver le sommeil… Un enfant attend tout d'un conte, sauf la réalité. Des histoires d'ogres, de sorcières, de petites filles dévorées par les loups, peu importe pourvu qu'on le détourne de ses propres angoisses. Une mère qui cherche à apaiser son môme ne se préoccupe pas du degré de vérité de ce qu'elle invente ; elle met en scène les seuls éléments qui permettent de croire à son histoire, de se laisser emporter.

— Et ce conte-là, moi je n'aurais pas le droit de le raconter ?

— Regarde Dan Brown et son *Da Vinci Code*. Je me fiche que ce type écrive mal ou raconte des conneries, la seule chose que je lui reproche c'est de commencer son livre en disant : « attention, tout ce que vous allez lire est la stricte vérité, je n'ai rien inventé », alors qu'ensuite il te raconte *Le Petit Chaperon rouge*.

— Alors j'écris « ceci est un conte », et je fais ce que je veux ?

— Juste une question de conscience personnelle. Quoi que tu dises, de toute façon, cela n'empêchera pas les gens de croire dur comme fer à leurs fantômes préférés. Y compris à l'existence des Brigades tibétaines…

Une nouvelle bourrasque ballonne la yourte. Le vent s'insinue sous la porte, fait vaciller la flamme des lumignons, puis les éteint. Tom les rallume avec son briquet.

— Voilà, dit-il. On ne l'entend plus.

— Qui ça ?

— Mon vieux pote, Picotin.

— Vous étiez là quand Bastien est tombé. Ça s'est vraiment passé comme le dit ma mère ?

— Oui. Tout avait l'air préparé à l'avance, c'était assez bluffant. Je n'ai jamais pensé à une coïncidence, pas avec ce que j'ai vu...

— Et c'était quoi, alors ?

— Une overdose de lucidité. Il y a certains états d'évidence dont on ne se remet pas.

Et après un court silence :

— Dans mon cas, ça s'est passé à Tian'anmen... J'ai quitté la Chine tout de suite après. Et pas mal de choses dans la foulée.

La yourte tremble une fois encore, mais plus faiblement. Les yeux dans le vague, Tom continue à parler.

— Si ta mère avait daigné m'écrire, je lui aurais dit certaines choses que Bastien m'a racontées, la fois où elle nous a laissés seuls tous les deux. Tu ne me connais pas, mais je suis quelqu'un d'assez direct. Si on leur pose des questions précises, la plupart des gens n'esquivent pas la réponse. Bastien, pas plus que les autres. Lorsque je lui ai demandé pourquoi il était resté gardien toute sa vie, il m'a répondu sans faire de chichis. Pas de brigades, bien sûr, mais pas non plus de faute grave à se reprocher. Juste un père collabo et un frère engagé dans la SS. C'est seulement cette misère qu'il a passé toute une vie à expier.

La bouteille d'Ardbeg est vide. Tom rallume un mégot de cigarette et s'aperçoit qu'il a parlé tout seul : Paul dort en face de lui, recroquevillé en chien de fusil sur l'accoudoir du fauteuil. Une *Mort d'Adonis* peinte par Delacroix. Difficile d'imaginer qu'il ne connaît ce gosse que d'aujourd'hui. En débarquant à la ferme, Paul s'est présenté comme le fils de Rose Sévère, la jeune femme rencontrée à Lhassa vingt-quatre ans plus tôt. Tom, sans dire comment il en est arrivé là, lui a résumé les derniers épisodes de son existence. À son retour de Chine, il avait enseigné quelques années à Nîmes avant de tout lâcher pour s'installer en Lozère. Après avoir retapé une ruine et acheté quelques chevaux pour la monte, il s'était mis à vivre en organisant des balades sur le Causse Méjean. Sa compagne pratiquait les médecines alternatives ; jusqu'à sa mort, elle avait dirigé des stages de yoga ou de « jeûnes-randonnées ». C'est elle qui avait fait venir cette yourte de Mongolie. D'où les chevaux de Przewalski, et l'idée d'un élevage pour en conserver la race.

Un bon garçon, songe-t-il en laissant aller sa tête sur le dossier, mais à son âge je tenais mieux l'alcool…

Lorsqu'il ouvrit les yeux, le jour commençait à poindre à travers les ouvertures de la couronne centrale. Il refit du thé, puis réveilla Paul.

— Je voudrais te montrer quelque chose, dit-il en lui tendant une tasse. Bois ça, et on y va.

Paul avait du mal à refaire surface. Il eut une quinte de toux, se passa les mains dans les cheveux ; des piaillements suraigus lui taraudaient les tempes.

— Tu as entendu parler des funérailles célestes ?

— Le gueuleton des vautours, chez les Tibétains… Ou je me trompe ?

— J'y ai assisté, en 1984, à Lhassa. Ne fais pas de bruit, il ne faut pas les effrayer.

Ils sortirent de la yourte en silence et s'allongèrent presque aussitôt derrière une saillie rocheuse. À une trentaine de mètres, autour du pieu où était attaché Picotin, un ébouriffage de charognards s'agitait. Tendue entre le piquet et la masse grouillante des oiseaux, la longe traçait une oblique sur l'horizon.

— Des vautours fauves, chuchota Tom. Et quelques moines, aussi, ceux à tête grise… Ils avaient disparu depuis 1945. On a réussi à les réintroduire.

Cous déplumés, cisailles crochues des becs, plongées rageuses dans les viscères de la bête, les oiseaux s'affairaient avec une sorte d'urgence mesurée. Leurs cris s'accompagnaient de lourds battements d'ailes, de brusques rééquilibres. La masse fermentait ; un crâne chauve en émergeait parfois dont l'œil jaune forçait le regard à dévier. Vint le moment où ils se mirent à sautiller, comme engourdis, puis à s'envoler par petits groupes. L'espace d'une seconde, Paul fut avec eux, haut dans le ciel. Porté par les derniers souffles de la tramontane, il planait en tournoyant au-dessus du paysage désolé, voyait la yourte, la percevait comme une cible. Il distingua son propre corps accroupi derrière le rocher et, à courte distance, la tache blanche des os épars.

Quelque chose, il le comprit, s'était enseigné là.

— Adieu, Picotin, murmura-t-il, longue vie au cheval du vent...

— Toi, dit Tom, les larmes aux yeux, toi, petit, tu reviens quand ça te chante.

Sur le Causse, au loin, la nuit semblait se retirer vers d'autres énervements. En avant de ce tohu-bohu, des lambeaux de ciel couleur de gentiane s'élargissaient avec la progression de l'aube.

Désaveu

Nouvelles pièces à verser au dossier des brigades. J'ai essayé d'être claire et didactique. J'espère que tu en feras bon usage.

UN LIEU MYSTÉRIEUX

Pour comprendre l'implication du Tibet dans l'occultisme occidental, il faut remonter au début du XVIIe siècle, à l'époque où l'Église romaine, ébranlée par la Réforme de Luther, réagit avec violence. Les Protestants sont pourchassés, muselés, des conflits éclatent qui annoncent la guerre de Trente Ans. C'est dans ce contexte de troubles et de censure que paraissent trois manifestes réformistes préconisant un retour à la pureté de l'Église originelle. Par prudence, les auteurs s'abritent derrière une première fiction, celle de « l'Ordre secret des Rose-Croix » et de son fondateur Christian Rosenkreutz. Tout en rencontrant une large audience, ces écrits suscitent la polémique, puis de graves accusations d'hérésie. Devant le silence des soi-disant adeptes, Heinrich Neuhaus postule dès 1618 que la secte légendaire a

Et pourquoi pas jusqu'à l'Antiquité ? Tu exagères, maman !

émigré hors d'Europe « en un lieu mystérieux ».

L'INDE

Un siècle plus tard, Samuel Richter, alias Sincerus Renatus, prétend que le refuge de la fraternité Rose-Croix est situé en Inde ; c'est la première fois que la tradition hermétique chrétienne, jusque-là focalisée sur l'Égypte, la Kabbale ou la Gnose, s'orientalise.

Et alors ?

LES SUPÉRIEURS INCONNUS

Sur cet élan, le baron Gotthelf von Hund fonde la loge maçonnique de la Stricte Observance (1750) ; il affirme tenir son savoir occulte de « Supérieurs inconnus » qui se feront connaître en temps voulu.

L'HIMALAYA

En 1875, Helena Petrovna Blavatsky (arrière-petite-fille du prince Pavel Dolgorukii, l'un des membres fondateurs de la loge de la Stricte Observance !) associe les motifs précédents et affirme qu'elle a reçu l'ordre de fonder une société secrète à l'image de celle des Rose-Croix : la société de Théosophie. Cette injonction, elle la tient de « Maîtres de sagesse », rencontrés au Tibet où elle invente avoir vécu

Les bonnes filles suivent toujours les idées de leur arrière-grand-père, c'est bien connu !

sept ans alors qu'elle n'y a jamais mis les pieds... Bien que vivant dans l'Himalaya, ces Maîtres ne sont pas des indigènes, mais des réfugiés qui ont trouvé sur le toit du monde une terre d'accueil et une tranquillité inexpugnables. Pour ne s'être pas mélangés, ils appartiennent à la pure race aryenne des origines, celle des Atlantes ! Juifs et Arabes, en revanche, sont selon elle des Aryens dégénérés à la suite de trop nombreux métissages. Quant aux tribus africaines, aux « hommes sauvages de Bornéo » et autres Bushmen, il faut voir en eux des Lémuro-Atlantes ; une population humaine, certes, mais restée très proche du règne animal.

SHAMBHALA

Pour faire bonne mesure, cette toquée agrège son ésotérisme modern style au mythe bouddhiste de Shambhala : la « terre pure » décrite par les classiques tibétains devient ainsi le royaume caché des survivants de l'Atlantide, seuls gardiens de l'antique sagesse. La théosophe communique avec eux par télépathie, et ils ont l'obligeance de lui dicter *les Stances de Dzyan*, ouvrage où elle puise ses connaissances.

Une autobiographie de Jean Marquès-Rivière, *À l'ombre des monastères tibétains* (1929), enfonce le clou : il y a bien des mages mystérieux au Tibet ! Poursuivi pour avoir collaboré avec les Allemands durant l'Occupation, ce triste sire n'avouera la supercherie qu'en 1982 : son livre, dira-t-il, n'était qu'une erreur de jeunesse. Mais l'illusion prime, d'autant qu'Alexandra David-Néel a conforté malgré elle ce fantasme occultiste dans son *Mystiques et magiciens du Tibet*.

Horreur, malheur, un livre révélé ! Il y en a eu d'autres, tu ne crois pas ? et de plus retentissants…

Tiens, donc… La revoilà !

L'AGHARTA

Comme si le mythe de Shambhala ne suffisait pas, Louis Jacolliot invente de toutes pièces celui de « l'Agharta », dans son roman *les Fils de Dieu*. Les occultistes français de la fin du XIXe s'emparent de cette nouvelle fable, notamment Saint-Yves d'Alveydre qui décrit en détail ce royaume souterrain situé sous l'Himalaya ; des puissances occultes y régentent le genre humain grâce à leurs facultés supranormales.

État intermédiaire d'une ébauche lente à venir.

Dans un ouvrage, *Bêtes, Hommes et Dieux* (1922), où il raconte ses aventures à travers la Mongolie interdite, Ferdynand Ossendowski démarque le texte de Saint-Yves d'Alveydre et confirme la réalité de l'Agharta. Il y rajoute une pincée

Le 13 avril 2029, l'astéroïde Apophis frôlera quand même la terre de très très près… Tous aux abris !

de millénarisme : « Un jour, en 2029, pour être précis, les peuples d'Agharti sortiront de leurs cavernes souterraines et apparaîtront sur la surface de la terre. » Malgré les soupçons d'imposture dirigés contre son auteur, le mystique René Guénon prend fait et cause pour le récit de l'aventurier ; dans *le Roi du monde* (1927), il valide pour des décennies la légende des « Templiers de l'Agharta ».

LE VRIL

On a donc un « royaume himalayen occulte », des « Supérieurs inconnus », reste à expliquer d'où ces derniers tiennent leur puissance surnaturelle.

C'est Edward Bulwer-Lytton, l'auteur à succès des *Derniers Jours de Pompéi*, qui s'en charge en publiant *The Coming Race*, « la Race future » (1871). Ce roman d'anticipation met en scène un peuple de surhommes, les Vril-Ya. Ces « Philosophes souterrains » allient le savoir absolu à la terrible efficacité du Vril, un fluide si redoutable qu'il a mis fin à toute guerre entre les hommes. Renfermé dans le creux d'une baguette maniée par un enfant, le Vril « pouvait abattre la forteresse la plus redoutable ou sillonner d'un trait de flamme, du front à l'arrière-garde, une armée rangée en bataille. »

Voilà, Paul, c'est le premier étage de la fusée, un moteur à combustion lente où se combinent spiritisme fin de siècle, puissances occultes himalayennes, baguettes magiques et utopies revisitées.

Le même contexte, en somme, que pour certaines œuvres d'Edgar Poe, de Conan Doyle, de Rider Haggard ou même de Lovecraft…

Durant l'entre-deux-guerres fleurissent ainsi en Europe un grand nombre de sectes, de loges ou de cénacles ayant en commun les bases de la théosophie, voire pour l'Allemagne, de l'aryosophie prônée par Guido von List. C'est le cas de la société Thulé, qui alliait fascination pour les runes, nationalisme germain, racisme hérité d'Helena Blavatsky et judéophobie.

UN LAMA À BERLIN

En janvier 1933, Adolf Hitler s'empare du pouvoir. La même année, sous le pseudonyme de Teddy Legrand, paraît un curieux roman d'espionnage : *Les Sept Têtes du dragon vert*. Deux agents secrets, l'un français, l'autre britannique, infiltrent une mystérieuse association qui travaille à l'avènement du communisme et du national socialisme. Leur enquête les promène dans la Belle Époque du milieu spiritualiste des années trente ; Gurdjieff, Rudolf Steiner ou Gérard

État intermédiaire du ventre plein d'exhalaisons.

Encausse, entre autres gourous sulfureux, y figurent en bonne place. À Berlin, dans un hôtel particulier digne des aventures de Fu Manchu, les deux agents finissent par rencontrer le « Supérieur inconnu » qui tire les ficelles de ce complot international : un lama tibétain aux gants verts fluorescents qui détient les clefs du royaume secret de l'« Aggharti », l'une des sept têtes de l'Hydre verte dont l'action occulte entraîne l'Europe vers le chaos. Ces génies du mal ont manœuvré ou supprimé tour à tour l'archiduc François-Ferdinand, Raspoutine, le dernier tsar de Russie, le financier Ivar Kreuger, l'Israélite Walter Rathenau… Comme les deux espions feignent d'être mandatés par un consortium de grandes banques anglo-saxonnes pour négocier une entente avec le chef de la conspiration, le lama aux gants verts leur fixe un rendez-vous avec « l'homme aux deux Z », pseudonyme derrière lequel l'auteur a pris soin de nous faire reconnaître Adolf Hitler et le svastika (les Z entrelacés).

Là, ça devient plus intéressant…

Fin d'un très mauvais roman où l'on trouve pêle-mêle des références aux *Protocoles des Sages de Sion*, à Jean Marquès-Rivière revenant d'un Tibet où il n'est jamais allé, au pouvoir de vérité du Peyotl ou au « fluide impondérable pour le commun » – mais perceptible par les initiés ! – des chapelets tibétains... Une sorte de thriller conspirationniste avant la lettre, mêlant le vrai et le faux avec des prétentions malhonnêtes au dévoilement d'une terrible conjuration.

Je vais t'en raconter bien d'autres, Paul, mais la découverte de ce roman a été cruciale. Est-ce que tu te rends compte, au moins ? C'est un simple ressort littéraire, et strictement cela, qui fonde la connexion du nazisme avec le Tibet !

LES CADAVRES TIBÉTAINS

Le deuxième étage de ma fusée ne s'élabore qu'à partir de 1960. Louis Pauwels (ancien adepte de Gurdjieff !) et Jacques Bergier publient *Le Matin des magiciens*. Sous couvert d'explorer des domaines exclus de la science officielle, les auteurs y présentent comme des faits avérés un incroyable assortiment de fables mêlant alchimie, extraterrestres, phénomènes paranormaux et civilisations disparues. C'est dans ce « bréviaire de la crédulité » que le mythe prend sa véritable ampleur. On y retrouve le « moine aux gants verts » de Teddy Legrand, les

État intermédiaire des noirs bataillons de larves.

Bien envoyé ! C'est de qui ?

« Supérieurs inconnus » de Blavatsky, l'énergie du « Vril » d'Edgar Bulwer-Lytton, les objectifs occultes de l'expédition Schäfer, la théorie de la « terre creuse », les lunes glacées d'Hörbiger, etc. Sous leur plume, la société Thulé devient le centre magique du IIIe Reich, un Ordre noir capable de changer la nature même du réel à cause des liens secrets de ses initiés avec le Tibet !

Ces contes sinistres ne sont pas exposés comme tels, mais prennent la forme de terribles révélations. Un tripatouillage d'autant plus efficace qu'il accumule les détails circonstanciels, enchevêtre l'histoire à la fiction, tout en prétendant à l'impartialité.

Pour fignoler cette crypto-histoire, Pauwels et Bergier réaffirment la présence de moines tibétains en Allemagne : « C'est en 1926, écrivent-ils, que s'installe à Berlin et à Munich une petite colonie hindoue et tibétaine. Au moment de l'entrée des Russes dans Berlin, on trouvera, parmi les cadavres, un millier de volontaires de la mort en uniforme allemand, sans papiers ni insignes, de race himalayenne. »

C'est la seule et unique mention de ce qui pourrait ressembler aux

Brigades tibétaines de Bastien, et elle est fausse. Engelhardt m'a suggéré que cette fantaisie reposait peut-être sur la présence à Berlin de quelques Kalmouks vers la fin de la guerre. Opprimées par la révolution russe, ces populations d'origine mongole et de religion bouddhiste tibétaine avaient été déportées par Staline. Sur la promesse d'une indépendance de leur pays, des régiments de cavalerie Kalmouks ont effectivement combattu l'Union soviétique aux côtés des Allemands. Ou peut-être n'est-ce qu'une autre affabulation à partir de la Légion SS de l'Inde libre formée en 1941 par Chandra Bose, le leader indien pronazi.

Merde !

Tu n'as pas idée du succès de cet ouvrage ! (Même ta grand-mère me l'avait offert, à l'époque...) Ni de celui de la revue *Planète* dans laquelle Pauwels et Bergier continuèrent à empâter l'engouement de leurs lecteurs. Ce fut comme s'ils avaient ouvert une brèche dans la rationalité. Le pire des vents mauvais s'y engouffra.

LA LANCE DE LONGINUS

En 1972, Trevor Ravenscroft écrit *la Lance du destin*, roman où il brode sur le pouvoir occulte de la lance de Longinus, le légionnaire qui

État intermédiaire du corps enflé d'un souffle vague?

perça le flanc du Christ. Les nazis, allègue-t-il, avaient remué ciel et terre pour se l'approprier. On y retrouve toutes les légendes colportées par *Le Matin des magiciens*, remaniées et augmentées de nouvelles sornettes. Le recours au roman d'Aleister Crowley, *Moonchild*, permet à l'auteur d'évoquer Hitler intoxiqué au peyotl et pratiquant un rituel démoniaque pour la matérialisation de l'« Enfant Lune » ! Quant aux communautés tibétaines du royaume de l'Agharta installées en Allemagne, elles ont désormais un nom : la « société des Hommes verts » ; sept membres de la « société japonaise du Dragon vert » l'ont rejointe. Mais durant les derniers mois de la guerre, ces lamas tibétains sont négligés par les nazis pour n'avoir pas réussi à mettre au service du Reich leur pouvoir satanique. Privés de nourriture par Hitler, ils se suicident. Quand les Russes prennent Berlin, ce sont leurs cadavres dénudés qu'ils retrouvent, bien rangés, chacun avec un couteau cérémoniel planté dans le ventre !

À vos caméras !

LE GRAAL

Au mythe des Templiers, Jean-Michel Angebert adjoint la quête du Graal. Dans un texte paru en 1971, *Hitler et la tradition cathare*, il soutient que les nazis l'auraient cherché au cœur de l'Ariège, et trouvé, comme il se doit, à Montségur…

Cette fable s'appuie sur les élucubrations de « l'archéologue » SS Otto Rahn, spécialiste de la légende de Parsifal et auter d'une mystique luciférienne chère aux néonazis contemporains. À partir d'un seul passage d'Isaïe, pris dans la Bible de Luther, il imagine une cime polaire, symbolique de la tradition nordique, qu'il oppose aux sommets sacrés du monde hébreu : « Par *Cour de Lucifer*, j'entends ceux qui sont de sang nordique et qui, par fidélité à ce sang, ont choisi comme but de leur quête du divin une *montagne du Rassemblement du plus lointain Minuit*, et non les monts Sinaï ou de Sion au Proche-Orient. »

« J'escaladerai les cieux ; au-dessus des étoiles de Dieu, j'érigerai mon trône ; je siégerai sur la montagne de l'Assemblée, aux confins de Minuit. Je monterai au sommet des nuages, je m'égalerai au très haut. »
Bible de Luther. Isaïe, 14, 12-15

Cela devrait te rappeler quelque chose, non ?

Sacré Bastien, il est allé la chercher loin sa « montagne de Minuit » !

HITLER VIVANT

Avec *Adolf Hitler, l'ultime avatar* (1984), le Chilien Miguel Serrano franchit une nouvelle étape : il déplace le royaume d'Agharta en Antarctique ! C'est à lui qu'on doit l'idée des soucoupes volantes basées au pôle Sud avec des armes, comme le « soleil noir » ou le « rayon vert », qui attendent l'ultime confrontation avec le monde dégénéré pour donner toute leur mesure. Ambassadeur de son pays en Inde, Serrano dédie son livre à la gloire d'Hitler et n'hésite pas à dénoncer le complot juif mondial contre les Aryens de race pure qui cherchent à restaurer la perfection de l'Hyperborée.

LE COMPLOT

Tu rajoutes un énième roman, *Genesis* (1972), de W. A. Harbinson, où l'on parle d'une attaque américaine de la base polaire allemande à la fin des années quarante, de sa destruction impossible malgré trois bombes atomiques lancées en 1958, et tout est prêt pour une ultime transformation du mythe : un complot international est à l'œuvre pour nous cacher la « vérité ».

LES PROTOCOLES DE SION

Ce complot, Paul, c'est la tête explosive du missile. Les « Rothschild, les Rockefeller et consorts » auraient dépensé des fortunes pour calomnier l'idéologie mystique et bienfaitrice des nazis. À croire ce qui est écrit, ces mêmes « banquiers au nez crochu », ces « génies instinctifs de la finance », ont avoué dans les *Protocoles de Sion* leur projet d'instauration d'un « gouvernement juif mondial » à partir du

État intermédiaire de la chienne inquiète derrière les rochers.

contrôle de la Palestine. Ils auraient ainsi réactivé la secte maçonne des « Illuminés de Bavière », poussé l'arrogance jusqu'à imprimer le symbole de leur machination sur chaque dollar américain !

Tu sais comme moi que le texte des *Protocoles de Sion* est un faux bricolé en 1901 par la police secrète du tsar pour légitimer les pogroms de Russie. Tout le monde est censé le savoir depuis 1921, date à laquelle Philip Graves a montré qu'il s'agissait d'un document apocryphe. Mais voilà que ce torchon est à nouveau invoqué par ceux qui dénoncent la prétendue conspiration juive des « Illuminati » contre la race blanche. Entre leurs mains, jurent-ils, l'Arche d'alliance est même devenue un « accumulateur astral », une arme secrète destinée à des « opérations magiques » !

Une paraphrase du « Dialogue aux enfers entre Machiavel et Montesquieu » de Maurice Joly. Tu me l'as assez répété…

UN NOUVEL ORDRE MONDIAL SIONISTE

Et nous y sommes, mon petit Paul : c'est encore ma faute, la tienne, celle de tous les Juifs qui gouvernent le globe à la tête d'un « nouvel ordre mondial sioniste » ! Non seulement les Juifs font partie des forces obscures qui ont contrecarré le bel élan hitlérien vers la Lumière, mais ils ont acheté le silence des Nations.

Maman… Quand est-ce que tu me lâcheras la grappe ? Tu n'en as pas marre de ces histoires !

Dans ce système paranoïaque, les Tibétains n'ont de choix qu'entre la peste et le choléra : soit ils constituent une élite féodale esclavagiste sur laquelle il ne faut surtout pas s'apitoyer, soit ce sont de fidèles alliés pro-nazis ; tu imagines comme ça arrange le gouvernement chinois !

Tout se passe comme si l'antisémitisme militant qui régnait dans l'Allemagne des années trente s'était dilaté aux dimensions de la planète. Quel venin, Paul, dans ces égouts de l'âme humaine ! Tant de fiel, tant de ressentiment, tant de méchantes fictions ne peuvent déboucher que sur les pires horreurs. Tu n'as pas le droit de rajouter, ne serait-ce qu'une seule grimace, à cette danse macabre. Le romancier est l'historien du présent, m'as-tu dit un jour en citant Simon Leys, l'historien est le romancier du passé. Je ne suis toujours pas d'accord, ou à cette seule condition : c'est qu'ils s'efforcent l'un et l'autre d'inventer la vérité.

État intermédiaire de l'herbe et des floraisons grasses.

Shabbat mater…

J'entends bien, mais je fais quoi, moi, avec tout ça ?

10007

Composition
NORD COMPO

Achevé d'imprimer en Espagne
par BLACKPRINT CPI IBERICA
le 7 mai 2012

Dépôt légal mai 2012.
EAN 9782290029817
L21EPLN000899N001

ÉDITIONS J'AI LU
87, quai Panhard-et-Levassor, 75013 Paris

Diffusion France et étranger : Flammarion